Un lugar cercano a la locura

Agustín Benítez Ochoa

Un lugar cercano a la locura

deauno.com

Benítez Ochoa, Agustín
   Un lugar cercano a la locura. - 1a ed. - Buenos Aires: Deauno.com, 2011.
   224 p.; 21x15 cm.

   ISBN 978-987-680-022-8

   1. Narrativa Mexicana. 2. Novela. I. Título
   CDD M863

© 2011, Agustín Benítez Ochoa
© 2011, foto del autor en contracubierta de Martha Torres
© 2011, Deauno.com (de Elaleph.com S.R.L.)

contacto@elaleph.com
http://www.elaleph.com

Primera edición

ISBN 978-987-680-022-8

Hecho el depósito que marca la Ley 11.723

A los tres.

Capítulo I

A Héctor Zúñiga lo despertó el silencio. Se levantó y caminó hacia el baño más por costumbre que por necesidad. Lo seguía impactando el silencio. Al regresar vio el reloj: 4:12 a.m. Pensó que era lo mismo si fueran las tres o la una; ese enorme silencio no correspondía a ninguna hora de la madrugada en esa ciudad. Dudó de estar realmente despierto cuando en su mente apareció el recuerdo de su madre. Una imagen clara y tranquila que no le resultaba congruente con lo que él recordaba de ella.

Vio a su esposa cómodamente dormida y sintió un poco de temor. Trató de escuchar cualquier cosa, pero fue inútil. El silencio era imponente. Algo muy ajeno al silencio de los sordos; todo lo contrario, el silencio se *oía*; se percibía con una claridad que atemorizaba. Volvió a meterse en la cama con el recelo inicial convertido en miedo apremiante. Le pareció que ese momento era el adecuado para que sucediera algo extraño, algo a lo que él siempre hubiera temido.

Abrazó con rapidez a su esposa, lo cual siempre le daba mucha calma y seguridad, pero ella sólo se reacomodó para seguir durmiendo, y él pensó: *si cuando menos se oyera alguna sirena, aunque fuera cantando,* se dijo bromeando para quitarse el miedo, cuando creyó escuchar algo lejano y parecido a *Héctor, Héctor...* se cubrió con las sábanas y apretó a su esposa, quien emitió algún quejido, todavía dormida.

En la oficina, durante todo el día, Héctor estuvo pensando en la noche anterior y sin saber por qué volvía a sentir temor. Un pequeño escalofrío lo recorría cuando recordaba el momento en que escuchó esa voz llamándolo.

Trataba de razonar: *pero a quién le puedo tener miedo; quién puede querer llamarme y para qué;* aunque la verdad esto no lo consolaba mucho y sí lo remitía a pensar en algo desconocido que lo atemorizaba. *¿Tendrá que ver con mi madre?; pero si murió hace ya muchos años y nunca la he recordado con miedo,* se dijo tratando de convencerse. *No, seguramente no se relaciona con ella. Es algo más y es diferente.*

A bordo de su auto, y ya de regreso a su casa, le dieron ganas de pararse en algún bar y tomarse una o dos copas antes de volver a enfrentar ese muro de silencio que le infundía tanto temor.

El bar que escogió era un sitio oscuro y con pocos clientes, sólo los habituales; Héctor lo conocía muy bien por ser uno de esos lugares donde podía ir con sus amigos a platicar durante horas enteras sin sufrir la incomodidad por la insistencia de los meseros en servir algo más, y porque el cantinero lo identificaba de muchos años atrás como integrante de un grupo de empleados derrochadores y generosos; además, también sabía preparar las bebidas como a Héctor le gustaban. Ya sentado en la barra y después de intercambiar unas cuantas frases a manera de saludo con el cantinero trató de meterse en la cabeza la idea de que la noche anterior había sido algo especial, que en realidad no tendría por qué repetirse y que, en todo caso, no existiría razón para sentir miedo sólo porque durante la noche no se oyera nada. Lo que sí se metió fueron las dos copas planeadas, y, aún más, deseó con fuerza una tercera y última por esa noche. La pidió y se sintió contento; el alcohol había logrado el milagro: ya no percibía ningún temor, se reía para sus adentros del hecho de haber experimentado, a sus cincuenta y tantos años, una sensación de miedo por nada. Con optimismo pagó la cuenta y se dirigió a su auto azul que tanto le gustaba.

Cuando empezó a manejar notó que las primeras horas de oscuridad no presentaban ningún signo que pudiera relacionarse con lo sucedido la noche anterior; alegremente puso un disco en el aparato de sonido del auto y comenzó a cantar en voz baja. Se sintió contento y relajado. Sonrió y manejó con esa falsa seguridad que siempre le daba el alcohol.

Ya llevaba casi 40 minutos inmerso en el horrible tránsito de la ciudad y pensó que todavía le faltaba más de un cuarto de hora para llegar a su casa. Los agradables efectos del alcohol se reducían y empezaban a aparecer los otros: el pequeño y molesto dolor de cabeza, la disminución gradual pero acelerada del optimismo y de la seguridad. Pensó en las posibles alternativas: pararse y tomar una copa más o seguir y *al mal paso…*, optó por lo segundo. Ya con el mal humor ocupando el lugar de la anterior euforia, apagó la música y trató de manejar con más cuidado, porque ya había tenido dos pequeños incidentes por descuidos suyos.

Subió totalmente el vidrio de su ventana debido a una lluvia que se presentó de repente y lo mojó en el hombro. Se percató del cansancio que empezaba a apoderarse de su cuerpo. Estaba deseando llegar ya a su casa cuando del asiento de atrás escuchó claramente una voz de mujer que sonó clara y un poco apresurada: *Héctor, Héctor...*

Frenó con brusquedad y casi se estrella con otros autos al maniobrar con imprudencia para acercarse a la banqueta. Desencajado, se bajó con rapidez del auto azul que tanto quería.

Capítulo II

El camión venía lleno, como siempre. Yo sabía que necesitaba irme literalmente colgando durante dos o tres paradas mientras bajaban algunas personas y podía meterme al pasillo. Invariablemente era así con los camiones que iban a la Universidad.

Faltaba poco para las diez de la mañana y la asamblea en la Facultad debía estar por comenzar. *Tengo que decirles a los de la brigada que deberíamos terminar más temprano*, pensé y justifiqué mi retraso al recordar las actividades del día anterior. Había sido un día común y corriente, cotidiano en la cotidianidad de las últimas semanas: asamblea por la mañana; al terminar, salir con la Brigada a recorrer sitios con buena concurrencia: mercados, colonias populares, parques, calles transitadas y todos aquellos lugares donde existiera la posibilidad de volantear y pedir cooperación para el movimiento –botear– con resultados más o menos satisfactorios; comer algo donde se pudiera, ya fuera en los mismos mercados o en la casa de alguno de nosotros; y, finalmente, regresar a la Facultad a pintar alguna manta o meterse al mimeógrafo a hacer volantes hasta que se acabara la tinta, el papel, las dos cosas o tronara aquel aparatejo heroico.

Calculé que habría regresado a mi casa entre las tres y las cuatro de la mañana. Estaba recordando el vaso de leche y la pieza de pan que tomé antes de acostarme a dormir cuando descubrí un lugar desocupado en el camión y me apresuré para ganárselo a otros estudiantes. Después de unos minutos de viajar sentado me quedé dormido con la confianza de que al llegar a los topes que estaban a la entrada de la Universidad vendrían los brincos que de manera inevitable me despertaban y anunciaban el fin del viaje.

En el auditorio localicé pronto a Andrés y a Laura, el primero con el pelo revuelto, como siempre, y la segunda luciendo espléndidamente y con absoluta naturalidad la esbeltez y la alegría de sus 20 años; casi al mismo tiempo me dijeron que el Actuario no llegaba todavía.

Sin ponernos de acuerdo en la composición de la Brigada, ésta había resultado maravillosamente diversa: Laura estudiaba Biología, Andrés, Física, el Actuario —de quien nadie recordaba su nombre— era uno de los pocos estudiantes de Actuaría que le había entrado con enjundia al Movimiento, y por último yo, que trataba con desesperación estudiar Matemáticas. En fin, las cuatro carreras que se impartían en Ciencias estaban, quién sabe que tan dignamente, representadas. Por si fuera poco, ese día les llevaba una propuesta para aceptar un nuevo miembro en la brigada.

—Les digo que el chavo es mi vecino, creo que ya hasta lo han visto por ai con mis hermanos —les comenté sin parecer muy convencido del beneficio de la propuesta.

A lo que Andrés, con rostro de dudosa seriedad, dijo preocupado:

—Pero, pues ése es el problema, ¿no?, dices que está bien chavo... ¿en la Prepa, dices?

—Sí, está en la Prepa Seis, pero pues según eso tiene permiso de su padre y lo que le da un chingo de valor para la Brigada es que tiene carro.

—No, pos eso sí, acuérdense cuando andábamos en el carro del Alan: nos daba tiempo de hacer muchas más cosas y llegábamos más temprano a la casa, que es con lo que yo tengo broncas; mi madre dice que el Movimiento es el puro pretexto para andar en el desmadre con los cuates —trató de argumentar Laura.

—¿Y a poco no? —se oyó.

—Bueno, lo de Alan es cierto, pero pinche Alan, ya se fue con los de la brigada Camilo y creo que ésos sí son bien extremistas —dijo el Actuario, que acababa de llegar, mezclando en sus palabras temor y admiración, y con los lentes, como siempre, a punto de caer.

—No mames, pinche Actuario, el Alan se fue a esa brigada por la chava de Psicología, cuál extremistas ni que la chingada —dije en tono de reclamo.

Después de un buen rato de seguir analizando ese tipo de argumentos de gran profundidad política e ideológica, Laura dijo:

—Yo creo que hay que aprovechar la oferta... un carro no se consigue así como así.

—Sí, sí es cierto —completó el Actuario—, pero a este carro no hay que meterle tantos documentos que nos puedan comprometer. ¿No se acuerdan cuando nos pararon los de tránsito y la cajuela del carro de Alan venía cargadísima de propaganda?

—Sí, cabrón, y que por tu delirio de persecución casi nos descubren, si no es porque Andrés y yo fingimos que veníamos fajando —le reclamó Laura.

—Ah, ¿qué estábamos fingiendo? —preguntó Andrés haciendo reír a los demás.

—Bueno, bueno… oye, Héctor, y ¿cómo dices que se llama el chavo? —preguntó otra vez Andrés, con esa medio virtud que tenía de cambiar de tema y centrar la plática.

—No, no he dicho porque creo que ni sé; creo que Leonel o algo así, pero le dicen el Gancho, vayan ustedes a saber por qué. Órale, pues así quedamos —continué— yo le digo hoy mismo a este chavo para ver si ya mañana podemos usar el carro; chance y hasta vayamos en él a Tlalnepantla, a la fábrica esa que dice Laura.

—Oye, ¿y cómo le vamos a hacer pa lo de la gasolina?, ya ves que a veces no nos alcanza ni pa los tacos en la terminal de camiones —dijo Laura con sus pas y pos que tan bien sonaban en ella.

Y su preocupación era real, porque cuando formamos la brigada nos comprometimos a no tomar nada de los botes y hasta ese momento lo habíamos conseguido.

—Pues eso ya veremos, ¿no Héctor?

—Pues sí, a ver cómo le hacemos.

Ese mismo día el Actuario nos dijo que no podría acompañarnos, por lo que Laura, Andrés y yo nos fuimos en el coche del papá de Andrés —un intrépido Ford 200— que de manera extraordinaria y eventual le había prestado para usarlo en las actividades de la Brigada.

Al igual que en muchos otros casos, los padres de Andrés, sobre todo su padre, eran solidarios con sus hijos y el Movimiento, pero por cuestiones de seguridad y tranquilidad familiar no lo hacían notar abiertamente; aunque por otro lado, sí solicitaban, y en algunos casos exigían, que se tuviera mucho cuidado en todo lo que hacíamos, que si la policía, que si los agentes, que si...

A la hora de la comida, en una de esas taquerías amuebladas con unos gabinetes de asientos altos y duros, de madera, donde venden tacos dorados, tipo flautas, que a todos nos parecían maravillosos, Laura había ido al baño y Andrés y yo platicábamos solos. Generalmente, nos gustaba esto de hablar a solas porque nos divertíamos, disfrutábamos los comentarios del otro, nos reíamos y festejábamos, pero ese día estábamos cansados. El volanteo en seis camiones en la ruta recomendada por una de las estrategas de la Facultad nos había dejado exhaustos. Era algo que se comentaba mucho entre los integrantes de las brigadas: no se trataba del hecho de subir al camión y exponer la situación del Movimiento, lo cual me tocaba hacer a mí, mientras Laura pasaba el bote recolector de monedas y ocasionales billetes, en tanto que Andrés vigilaba que no surgiera alguna dificultad tanto dentro como fuera del camión; no, lo que nos provocaba problemas y cansancio era la tensión que esa actividad generaba. La angustia que nos agarraba cuando Andrés daba la voz de alarma. Bajábamos del camión como podíamos y corríamos por diferentes rutas hasta reencontrarnos en el punto de reunión previamente acordado —ese día el auto prestado—, y esperábamos con un temor creciente la llegada de los demás. A veces sólo eran segundos; en otras ocasiones los minutos se hacían eternos; cuando de repente ya se asomaba por ahí Laura platicando con alguna señora, como si se tratara de una niña bien portada que regresaba con su tía después de hacer las compras en el mercado.

Una vez que todos estábamos reunidos las risas y los abrazos se volvían excesivos, como si no nos hubiéramos visto en
años o acabáramos de regresar de la guerra. Y de ahí, a revisar
las posibles fallas, si se trataba de una casualidad o si alguien
había cometido un error en las actividades que se tenían asig-
nadas. Y a preparar el siguiente camión. A enfrentar críticas
y discusiones y a disfrutar apoyos, gestos solidarios, monedas
de diferentes tamaños y, en algunos casos, hasta algo de comer, como aquella señora que una vez nos dijo:

—Tomen, llévense estas tortillas y estos aguacates para que
se hagan unos tacos.

O aquel carnicero en un mercado que le ofreció con insistencia al Actuario:

—Tome joven, déjensen de jaladas, tome, llévese este cu-
chillo; se lo regalo; eso es lo que necesitan… eso es lo que hay
que hacer cuando los corretien los pinches granaderos…

O el señor que me obligó a recibirle un billete de un peso
cuando me bajé del techo de una camioneta que había utili-
zado como tribuna improvisada en un mitin relámpago en el
centro de la ciudad.

—Tenga, pero éste es para usted… usted guárdelo y úselo;
no lo ponga en el bote, guárdelo y piense que ojalá les pudiera
dar más, mucho más.

A la fecha, de vez en cuando encuentro ese peso en el
libro donde lo guardé desde entonces.

Sí, decididamente ese día Andrés y yo nos sentíamos cansados, pero cansados de días, de policías, de carreras, de des-
velos, de mal comer, de todo lo que sucedía en esos *días de
guardar*.

—Oye, orita que no está Laura, ¿no has visto medio raro al
Actuario? —le pregunté a Andrés.

Sí —contestó pensativo—, pero raro no de peligro, sino de miedo. Yo siempre se los he dicho: el Actuario tiene miedo.

—Pues sí, pero acuérdate lo que decía aquel cuate en la asamblea de la Facultad: para salir bien librados de ésta no hay que tener miedo, hay que tener pánico. El pánico es lo que nos ayuda a correr como alma que se lleva el diablo.

—No, no estoy de acuerdo. El pánico entorpece, te apendeja, pues.

—Bueno, no lo tomes tan literal. Lo que quiero decir es que un poco de miedo ayuda, acuérdate de Alan, por ejemplo, con sus jaladas dizque temerarias.

—Bueno, sí, pero una cosa es Juan Domínguez y otra cosa es no me chingues.

—Pos mira, si al final de cuentas el Actuario se corta, nomás hay que aclararle lo que no debe decir.

—No, mejor no le digas nada, a lo mejor le das ideas.

—Sí, es cierto, tienes razón; bueno, ai viene Laura; paga y vámonos.

—¿Paga, güey?

Capítulo III

La primera vez que Héctor fue al consultorio del médico que le recomendaron sus amigos de la oficina lo hizo solo. La sala de espera, austera e higiénica, lo molestaba un poco. Leyó, aparentando indiferencia, algunos de los diplomas colgados en los muros y como siempre se sintió impresionado gratamente con las referencias a las universidades extranjeras, tan de moda y tan deseadas por los estudiantes en esa época. Se notó más tranquilo y algo ridículo por el motivo que lo llevaba hasta ahí.

Cuando, por fin, y después de dos pacientes que pasaron antes que él, llegó frente al médico amigo de amigos, se presentó y de entrada le confesó que se sentía ridículo, que él no acostumbraba ir al médico por ese tipo de tonterías, que, sin embargo, sus amigos y su esposa le habían dicho que tenía que ver un médico, que no era normal lo que le sucedía, que etcétera.

El médico lo oyó con calma y le hizo un examen que Héctor juzgó rutinario. La garganta, los oídos, la presión, el corazón y los pulmones, en fin, hasta la temperatura. Todo apareció normal. Después de unas preguntas, que también le parecieron de rigor, el médico le dijo lo que Héctor suponía y aseguraba a sus amigos y a su esposa: *que estaba más sano que un hombre en plenitud* —así dijo el médico—, que todo su problema era provocado por el estrés, cuestiones nerviosas, angustia, depresión, etc. En resumidas cuentas, que todo lo que necesitaba era un buen descanso. De preferencia salir de la ciudad unos días y olvidarse del trabajo y las responsabilidades económicas. *Lo que siempre dicen los médicos cuando no tienen la más remota idea del mal que aqueja al paciente*, pensó Héctor.

Al salir del consultorio caminó por el grupo de edificios que formaban parte de un gran conjunto hospitalario, propiedad de la asociación médica en boga. Sintió un poco de nostalgia por aquellos consultorios pequeños y a veces aislados donde la mayoría de las ocasiones se encontraba a un médico poco más que maduro y casi siempre responsable, cuidadoso y atento a lo que el paciente contaba. De la nostalgia pasó a cierta comodidad y hasta se decidió a tomar un café de esos preparados en unas máquinas que cuentan con gran cantidad de opciones.

Analizó la consulta con el médico y a pesar de sus objeciones iniciales encontró muy lógico todo lo sucedido: estaba sano físicamente; su problema era de tipo psicológico y la recomendación parecía adecuada. Sí, tenía pendientes de disfrutar unos días de vacaciones en la oficina y los aprovecharía para ir a Colima y visitar a sus amigos y parientes, en ese orden. Internamente deseó que su esposa no pudiera o no quisiera acompañarlo, pero al mismo tiempo sintió que sería mejor que ella fuera, quién sabe por qué.

Llegó a Colima solo y con la intención de estar en la ciudad poco menos de una semana, tal vez con una visita al mar incluida. El calor increíble de las siete de la mañana le dio la bienvenida al salir de la terminal de autobuses. No quiso llegar a la casa de ninguno de sus familiares; se dirigió a una casa de huéspedes que no conocía pero que siempre se le había antojado para alojarse unos días. Era una de esas construcciones antiguas y tradicionales del centro de Colima, con un fresquísimo patio interior adornado con una fuente minúscula; todo rodeado por unos pasillos, sombreados hasta el agradecimiento, a los que limitaban unos portales también reducidos. Frente a éstos se encontraba el acceso a las habitaciones. Los pasillos tenían un piso de baldosas de barro de color rojo, lo que aumentaba, o al menos así le pareció a Héctor, la frescura del lugar. Además, y como un gran atractivo para los turistas, el hotelito—casa de huéspedes era famoso por las leyendas de lo sucedido allí en la época de los cristeros.

Contaban, por ejemplo, que esa casa se comunicaba con la que estaba en la otra calle, justo a espaldas, por medio de un túnel pasadizo, donde escondían a los curas que eran perseguidos por el gobierno, y que ese túnel tenía salida por un lado al corral de la otra casa y por el otro, a una habitación siempre cerrada en esta casa de huéspedes. Decían también que los curas a veces salían a oficiar misa a la casa de algún pudiente o a una escuela de monjas y tenían que volver a meterse al pasillo con mucho sigilo y prontitud. Casi como no queriendo, los dos empleados del hotelito les mostraban a los clientes la puerta de la habitación clausurada, porque, además, de ese cuarto a veces salían ruidos muy raros, como si alguien se quejara, o como si un niño llorara muy quedito. Pero, en fin, *leyendas de Colima*, decía Héctor.

En una habitación del hotel, más grande que las otras, que hacía las veces de comedor, Héctor decidió tomar un típico desayuno de Colima: un vaso de tuba dulce, chilaquiles, café y, para terminar, un plátano enmielado que lo llevó directo y sin escalas a sus diez años de edad en la casa de su tía abuela.

Decidió dormir un rato, en parte porque la noche en el autobús había sido mala y también porque quiso aprovechar el ventilador de techo y la frescura y oscuridad de su habitación.

Unas horas después se dirigió hacia el barrio de *Las Siete Esquinas* recorriendo las viejas calles de la ciudad; iba alegre y de buen humor. Eran alrededor de las cinco de la tarde y caminando por la banqueta donde daba la sombra no se sentía tanto calor. Ya lo tenía decidido: al primero que visitaría sería a Enrique, su amigo de la secundaria y de toda la vida. Alguien a quien Héctor podría contar lo que le pasaba, con la seguridad de no encontrar burlas o incomprensiones; quizás una broma inicial o algún comentario irónico típico de la inteligencia de Enrique, pero nada grave que le impidiera ser escuchado y, con buena suerte, hasta entendido.

De repente, con una sensación que mezclaba alegría y sorpresa vio venir a Enrique por la calle de Filomeno Medina. Aunque lo vio de lejos, estuvo seguro de que era él y levantó el brazo agitando la mano para saludarlo. A lo lejos, Enrique se veía radiante, con una gran sonrisa y vestido con colores muy claros, de manera muy adecuada para el clima de la ciudad.

Todavía a la distancia algo le pareció extraño a Héctor; no lo tenía muy claro, *como que con esa ropa se ve distinto*, pensó, pero todo lo atribuyó al clima y a la edad *que todo cambia*, siguió meditando.

Sorpresivamente, y todavía separados por unas decenas de metros, Enrique dio vuelta al terminar la calle donde está la

iglesia de La Sangre de Cristo y tomó la que va hacia el mercado, y a manera de despedida le gritó a Héctor:

—Luego te busco, allá nos vemos.

A Héctor le pareció rarísima la actitud de Enrique y casi
corrió para alcanzarlo. Entró al mercado por la puerta donde
supuso que lo había hecho Enrique y para su sorpresa, por la
hora que era, encontró mucha gente dentro del mercado. La
mayoría de ellos limpiaban sus negocios como actividad final
de su trabajo diario; asoció los puestos del mercado y sus olo-
res con los recuerdos de las ocasiones cuando de niño acom-
pañó a su madre, o a su tía abuela al mercado viejo, localiza-
do a unos cuantos metros de éste; aun a su padre, que tanto
disfrutaba ir los domingos a comprar flores, carne fresca para
asar, cortada en tasajo a la manera típica de Colima como a él
le gustaba; o las vísceras que tan generosamente le despachaba
un tío lejano, pero en cuya cercanía familiar insistía el padre de
Héctor cuando platicaba con sus hijos y se refería al tío Pedro.
Quién sabe por qué. Pero Héctor tenía muy claro que cuando
él era niño las visitas al mercado eran muy temprano, alrededor de las siete de la mañana, *porque si no se acaba todo*, le decía
su tía abuela apurándolo durante el trayecto.

Por más intentos y preguntas que hizo no pudo localizar a
Enrique, pero aprovechó para recorrer el mercado casi respe-
tuosamente y salió con la sensación de haber estado muy cerca de lo viejo, de lo antiguo, de lo ya ido para siempre –*para
siempre*–, musitó al tiempo que recorría la calle de regreso. Vio
la iglesia de *La Sangre de Cristo*, con la seguridad de que era
mucho más chica y menos tenebrosa que en su niñez, cuando
su tía abuela lo obligaba, en compañía de un hermano menor
(al que la tía tenía la más firme intención de convertir en sa-
cerdote), a asistir a misa de seis entre semana.

Decidió caminar hacia la casa de Enrique, pensando que quizás eso le había querido decir con el *allá nos vemos*.

Notó cómo, sin que él se hubiera dado cuenta, el cielo se había puesto nublado y oscuro, lo que le cambió inmediatamente su anterior buen humor por la inminente llegada de su vieja y siempre inoportuna conocida: la depresión.

Caminó hasta *Las Siete Esquinas* y recorrió media cuadra de una de las calles que ahí convergían y que era donde vivía desde hacía siglos su mejor amigo. Nadie contestó los llamados que hizo en la puerta de la casa de Enrique a pesar de su insistencia y las exclamaciones en voz alta para que alguien le abriera. Después de un rato escuchó que de la casa vecina le gritaron:

—No hay nadie… orita no hay nadie.

Recostado en la comodidad rústica de su cuarto, Héctor pensaba que había hecho bien en regresar a la casa de huéspedes y no visitar a nadie más. La actitud de Enrique lo tenía desconcertado. *Además con esa rara idea de toda la vida de no tener teléfono, pinche Enrique.*

Se quedó dormido soñando con nubes y grandes olas; con Paola y los tiempos idos; y, extrañamente, con la Facultad.

Capítulo IV

El viaje a Tlalnepantla resultó muy agradable. El Gancho apareció como un tipo callado, condescendiente y *algo audaz para su edad*, según dijo Andrés.

El coche nos pareció comodísimo: un Opel modelo 65 ó 66 con algunos adornos extras en el tablero, lucecitas que señalaban quién sabe qué aumentos o disminuciones de quién sabe qué corriente, de acuerdo con la explicación también de Andrés, pero ahora en su papel de físico.

Andrés era muy bueno para cuestiones relacionadas con la electricidad y la electrónica, cosa que años después aprovechó para conseguir una plaza de ayudante en el Taller de Electrónica de la Facultad, taller en el que me aparecería a jugar con los osciloscopios, años después del 68.

Andrés también había sido ayudante de un maestro de alguna de las tantas geometrías que se impartían en la Facultad, pero por una real o supuesta propensión del maestro hacia el alcohol, Andrés había heredado esa fama y era objeto de bromas pesadas; cuando alguien se daba cuenta que también a él le gustaba *echarse unos alcoholes* con quien se dejara, aparecían las bromas y las alusiones al maestro, a quien Andrés apreciaba mucho. Esa fue la razón por la que renunció a esa ayudantía, inventándole al maestro una enfermedad grave y reciente.

Cuando llegamos a Tlalnepantla, Laura nos dirigió hacia la fábrica sin saber ella misma la ubicación precisa, y sólo guiándose por lo que le había dicho aquel cuate que le recomendó ir a ese lugar: *porque ahí trabajaban un chingo de obreros bien entrones.*

El mitin lo hicimos a la hora que los obreros salían de trabajar. A mí me tocó encaramarme en una espontánea tribuna en un puesto de tacos, mientras los demás, ahora incluido el Gancho, se dedicaban a repartir volantes y circular el bote, donde la mayoría de los obreros depositaban alguna moneda, en tanto que Andrés cumplía con la importantísima misión de *echar aguas.*

Generalmente los estudiantes éramos bien recibidos en esos lugares, donde invariablemente se nos reprochaba una supuesta ingenuidad y un idealismo que los trabajadores nos hacían ver, una vez más, con sus palabras y a su manera:

—Ya, déjense de jaladas y organícensen para romperles la madre a los pinches policías...

—Órale cabrones, ya les hemos dicho a otros de sus compañeros: díganos cuándo y dónde y vamos juntos a los madrazos.

Las respuestas de Laura, Andrés, el Actuario y ahora el Gancho siempre iban en el mismo tenor:

—No, espérense, la cosa es primero organizarnos y difundir la verdadera situación del Movimiento, desmentir las versiones de la prensa vendida y transa e informar al pueblo de las acciones a seguir.

—Hay que crear otras brigadas entre ustedes para que nos ayuden a que se conozcan nuestros objetivos y podamos tener mayor respaldo entre todo el pueblo.

Como siempre, repentinamente, se escuchó el grito temido, la señal no deseada aunque siempre intuida, la amenaza, la realidad:

—Aguas, cabrones, ai viene la tira… —esta vez la señal la había dado uno de los obreros.

La carrera comenzaba con una estrategia para tratar de mezclarnos y confundirnos con los trabajadores de la fábrica, pero al parecer los estudiantes en el 68 traíamos tatuada la credencial en la frente, porque los policías siempre se dirigían hacia nosotros.

Sin medir consecuencias brinqué del techo del puesto de tacos y al caer sentí una torcedura que me produjo dolor, pese a lo cual corrí en dirección contraria a Andrés, quien empujaba a Laura hacia otro lado para que no lo siguiera. Cuando me acordé, me preocupé del Gancho por su inexperiencia, aunque con cierta alegría lo vi alejarse del mitin con una velocidad que creí muy adecuada para las circunstancias… iba hecho la chingada.

Ninguno de los integrantes de la Brigada volteamos a ver si nos seguían los policías. Corrimos a toda velocidad hacia las diferentes calles de la zona a esas horas muy concurridas por los trabajadores que salían de sus labores, y que a nosotros, en esos momentos, más que trabajadores nos parecían miembros de un equipo de ángeles de la guarda.

Los estudiantes nos sabíamos de alguna manera protegidos porque los asistentes a los mítines mostraban una solidaridad y un apoyo inmediatos: estorbaban el paso de los policías, les gritaban cuantas injurias se les ocurrían y nos protegían señalándonos los caminos más convenientes:

—Órale, pinches cuicos, pónganse a trabajar…

—Cabrones, ¿por qué no van a corretiar a su madre?

—Déjenlos, pinches ojetes…

Yo oía los gritos y corría más, pero el dolor en el tobillo *aumentaba en forma proporcional a la velocidad*, habría dicho después Andrés. De manera inopinada y sin que viniera al caso recordé el modo en que a Andrés le gustaba definir algunas situaciones, como aquella de que los choques entre automóviles sucedían porque según la física más clásica y elemental *dos cuerpos no pueden ocupar el mismo lugar en el espacio, en el mismo instante de tiempo*, a las que el Actuario invariablemente respondía: *Ay, no mames, pinche Andrés*.

Sonreí al descubrir que ya no me perseguían porque de repente ya no escuché los gritos de los obreros y los *párate, cabrón*, de los policías.

Empecé a caminar y volví a sentir dolor en el tobillo. Con preocupación volteé hacia las calles que dejé atrás en la carrera y noté que no tenía la más remota idea de dónde estaba y dónde se había quedado el Opel, aquél que poco tiempo después, y gracias a la publicidad de la marca, compararan con el gobernante en turno: la fiera del 68.

Los encontré cuando ya casi había oscurecido. Excepto Andrés estaban todos. Laura y el Actuario no podían ocultar sus rostros de preocupación. Cuando ella me vio llegar cojeando corrió hacia mí y me abrazó llorando. Por primera vez sentí a la *compañera bióloga* de otra manera. En ese abrazo Laura me trasmitió más que preocupación y noté en mí una excitación totalmente fuera de lugar que me recorría todo el cuerpo. El Actuario también llegó corriendo lleno de preguntas, mientras el Gancho se acercaba más lentamente y con un rostro que combinaba azoro y temor.

En ese momento todo se volvió especulación por el paradero de Andrés. Las preguntas y las teorías se mezclaban y nadie entendía lo que los demás decían. Traté de que nos calmáramos y subiendo la voz casi grité:

—Ya, ya, cálmense… tú Laura vete al coche con el Gancho mientras el Actuario y yo caminamos por aquí a ver si lo encontramos; de seguro el pinche Andrés nomás anda perdido… si alguien los ve o se les acerca finjan que están fajando… pinche Gancho, ya sabes, ¿eh?, nomás finge —terminé de decir, logrando sacarles una sonrisa a los demás. Era una broma que siempre daba resultado. Quién sabe por qué.

En momentos como ése, en que temía seriamente por la suerte de Andrés, era cuando me cuestionaba nuestra participación en el Movimiento. No en las asambleas; no en los mítines ni en los camiones; sino cuando me agarraba con fuerza *la preocupación*. Cuando me daba cuenta del peligro que corríamos. Cuando asomaba el rostro de una cárcel o una golpiza, o una desaparición destinada a mí o a cualquiera de la Brigada; o cuando pensaba en lo que le podría pasar a Laura; o cuando me acordaba de nuestros padres; u otras mil cosas.

Después de un rato de búsqueda inútil regresé hacia el coche. Las primeras sombras del anochecer se mezclaron con las de mi angustia cuando vi venir en sentido contrario al Actuario, solo y con cara de qué vamos a hacer.

—¿Nada?

—Nada.

Casi al mismo tiempo que regresábamos al coche vimos el inconfundible chaleco gris de Andrés —el mismo que le daba un aire de niño con uniforme de colegio particular—, traer un cuerpo cansado. Al aproximarse, Andrés apareció golpeado, y más que mortificado, se veía lleno de ira, de un enojo que nos hizo quedar en completo silencio cuando se acercó a nosotros.

Laura se aproximó a él y casi con temor le preguntó:

—¿Qué te pasó, por qué tardaste tanto?

—Un cabrón me dio un chingadazo en el ojo cuando iba corriendo —respondió con un lenguaje no muy común en él.

—¿Un policía? —preguntó asombrado el Gancho, porque el golpe, visto de cerca era más impresionante.

Pues no sé si era policía, porque andaba de civil, pero como me caí me pateó la cara antes de que me lo quitaran de encima.

Vi a Andrés con detenimiento y noté que sentía un gran cariño por él en su debilidad, que era la nuestra, y al mismo tiempo le dije:

—¿Y nadie te defendió?

—Sí, pero yo creo que se tardaron un chingo o ese cabrón era karateca, porque como en cinco segundos me partió la madre.

Nos volteamos a ver y de manera simultánea apareció en nuestros rostros una sonrisa contenida, que de repente y como obedeciendo una señal, explotó en una carcajada colectiva que descontroló momentáneamente a Andrés, pero que casi de inmediato lo hizo decir:

—Sí, ¿verdad cabrones?, como a ustedes no los madrearon...

Lo abrazamos festejando y dándonos cuenta de que los daños provocados a la Brigada por la policía no eran tan graves.

Noté que a Laura se le empañaban los ojos cuando en medio de una extraña sonrisa y preocupada por el golpe en el ojo de Andrés dijo:

—¿Pero sí ves, verdad?

Volvimos a reír y con empujones que disimulaban caricias hacia Andrés nos subimos al coche.

Todos íbamos callados cuando Andrés empezó a platicarnos que en su huida una señora lo había ayudado y medio curado unas calles adelante de donde circulábamos en ese momento. Que por eso se había tardado tanto en llegar. Unas sonrisas apenas esbozadas y el silencio de nuevo.

Pensé que era la primera vez que la violencia, tantas veces oída y temida en el Movimiento se presentaba de manera real. Podía verse y tocarse en uno de los miembros de la Brigada. La sangre manchaba el rostro y el cuerpo de Andrés y me pareció escuchar una señal amenazante, algo que me decía *aléjate, cobarde* o *piénsalo, cabrón*.

Vi a Laura, al Actuario y al Gancho desprotegidos, desarmados, frágiles, pero al mismo tiempo decididos, ilusionados, valientes en la inconsciencia.

El Gancho rompió el silencio.

—Y ahora, ¿a dónde vamos?

La pregunta nos regresó del mundo ajeno donde nos habían llevado nuestros pensamientos.

Fui el primero en reaccionar a medias y dije:

—Vamos a la Facultad, vamos a decirle a la Güera lo que pasó, a ver qué nos recomiendan; aunque a ver si no se burla de nosotros, ya ven como es de cabrona.

Pero Andrés nos sorprendió a todos cuando dijo:

—Además, nos tienen que decir qué onda con lo de mañana; cómo le vamos a hacer para ir a la procu a protestar para que suelten a los que agarraron en Pantaco... yo creo que la cosa es temprano.

—Oye Gancho, ¿y tú crees que mañana te presten el carro?, ¿y tú vas a querer ir a la procu? —preguntó Laura, expresando una duda colectiva.

—Sí, yo ya le dije a Héctor que mi padre me dejó el coche todos estos días; y pos sí, yo claro que quiero ir... pos a eso vine ¿no?

—Pues sí —contesté—, pero primer día y ya te tocó corretiza.

—Pos lo bueno es que a mi sólo corretiza, porque a otros...

—Pinche Gancho —dijo Andrés con los ojos entrecerrados.

Otra vez las infaltables risas. De nuevo las bromas y recriminaciones amistosas.

—Oigan, ¿y vieron la velocidad del Gancho y el Actuario?

—Me cai que parecían almas que se lleva el diablo.

—No, pero dejen la velocidad, la cara que tenían.

Después de un largo rato en silencio y cuando la noche inundaba por completo la ciudad, pude ver la Torre de Rectoría a lo lejos.

—Ya llegamos —dije.

CAPÍTULO V

Al día siguiente, Héctor se enteró por boca de Lucrecia, la esposa de Enrique, que éste había muerto hacía apenas tres días, y que ella buscó a Héctor con ansiedad para decírselo, pero que precisamente por los preparativos del viaje y otros asuntos que él arregló en esos días, nunca se encontraron.

–No quise dejarte mensaje con tu esposa porque sabía que te iba a impresionar mucho –dijo ella, que sollozaba con pequeños intervalos.

Héctor tenía una palidez alarmante que Lucrecia atribuía sólo al hecho de saber de la muerte de su amigo.

–Pero, por qué nadie me dijo nada –decía Héctor que pareció no entender nada después de oír la noticia, –alguien pudo haberme dicho, además no es posible que haya muerto hace tres días, porque, porque... yo lo vi ayer.

Los sollozos de Lucrecia se convirtieron en un llanto pleno, en un alejarse rápidamente de Héctor y decir, casi gritando:

–No es cierto, no es cierto... tú también... no es cierto.

Aparecieron los hijos de Enrique y trataron de controlar a Lucrecia que ahora lloraba desconsoladamente. Uno de ellos se acercó a Héctor y le pidió que salieran a platicar al patio de atrás, al corral —como hace años le decían en Colima a ese espacio y como todavía le dicen algunas de las personas de más edad— casi siempre amplio y cultivado con algunos árboles frutales de uso doméstico: limones, mangos y algún papayo pequeño.

Hasta ese momento se percató Héctor de la condición de la casa de Enrique: sin grandes modificaciones lucía mucho más bonita de lo que él la recordaba. Los techos de teja estaban reforzados, las paredes habían sido resanadas y pintadas de una manera alegre y con buen gusto, y el patio de atrás ahora se veía muy diferente con una hortaliza mínima, un aplanado de tierra que le daba mucha frescura y una pila remodelada llena hasta casi derramarse de agua limpia y transparente.

Al notar el hijo de Enrique la atención que Héctor le ponía al patio dijo a manera de explicación:

—Mi papá le pidió a mi hermana, la que estudió Arquitectura, que le diera una arregladita a la casa porque ya estaba muy amolada y él quería verla pintada con colores vivos y claros, antes de que se muriera, decía bromeando.

—Pero, tu padre siempre se preocupaba mucho por el dinero, es más, yo quería preguntarle a tu mamá si...

—No, no te preocupes, lo que pasa es que no estás tomando en cuenta que hace muchos años que no venías a Colima. Yo terminé la carrera de Química, mi hermana la de Arquitectura y ya los dos estamos trabajando. Hace algún tiempecito que mis padres ya no tenían problemas de dinero.

—Entonces, ¿qué pasó?, yo creí que a tu padre lo habían afectado mucho esas cuestiones. Yo siempre pensé que su problema de la presión era por eso.

—No, mi padre murió de un infarto por cuestiones muy diversas, pero ahora la que nos preocupa es mi mamá, ella está muy afectada por todas esas tonterías que anda diciendo la gente. Oye, por cierto, tú también dijiste algo así, ¿no?

—¿Yo?, ¿qué fue lo que dije?... ah, sí, lo de haberlo visto, pero, no, no es cierto, no me hagan caso, déjame hablar con tu mamá.

—Mira, Héctor, te lo voy a decir claramente: hay gente que anda diciendo que vieron a mi padre ayer muy contento entre *Las Siete Esquinas* y *La Sangre de Cristo*; que se veía muy risueño y bien vestido; con ropa de color claro, lo que quiere decir, según ellos, que mi papá está contento y que le va bien. Malo sería que hubiera estado vestido de negro, dicen. Además también cuentan que a todos los saludaba muy sonriente desde lejos. Y tú sabes que aquí en Colima...

Héctor ya no oyó al hijo de Enrique. Salió hasta la calle sin hablar con nadie y sin despedirse. Estaba a punto del desmayo y su palidez parecía haberse vuelto permanente.

Sólo pasó al hotelito por sus cosas y se dirigió a la Central Camionera donde compró un boleto para Guadalajara, ya que a esa hora no salían autobuses para México; llegando a esa ciudad, y también de inmediato, compró su boleto hasta la Central del Norte de la Ciudad de México.

Cuando abordó el segundo autobús, y al recibir una pequeña bolsa con un sándwich y el refresco que le dieron al subir, se dio cuenta de que eran casi las seis de la tarde y él no había comido nada desde el desayuno. Se dirigió a su asiento, uno de los más retirados del frente, y cuando estuvo ahí recargó la cabeza contra el respaldo con fuerza y estiró las piernas. Apenas entonces se percató de la gran tensión acumulada que tenía sobre él. El lugar contiguo al suyo no fue ocupado, cosa que agradeció a quién sabe quién.

Fue después de dos horas de viaje, cuando la película en la televisión del autobús iba acercándose a su final, cuando lo oyó:

—Héctor, Héctor...

Volteó con tal fuerza y sorpresa que la pareja que iba abrazada en el asiento de atrás saltó y lo miraron con tanto temor como asombro.

—¿Sí oyeron que alguien me habló, sí oyeron que alguien dijo mi nombre?

La pareja lo vio alarmada y Héctor notó que otros pasajeros volteaban a ver qué sucedía.

Héctor miró a todos y gritó descontrolado:

—¿Qué no la oyeron, no se dan cuenta de que me está persiguiendo, por qué ponen cara de estúpidos?

El autobús se detuvo. Le explicaron al chofer lo que pasaba y éste preguntó si alguien traía algún tranquilizante, o algo así.

Una mujer sacó de una bolsa gigantesca, donde debió haber traído de todo, una pastilla que casi se perdía entre su mano y se la ofreció a Héctor diciéndole.

—¿No ha tomado alcohol, verdad?

Alguien más fue por un vaso de agua y Héctor tragó la pastilla más por inercia que por convicción.

Cuando llegaron a la Central del Norte tuvieron que hacer esfuerzos por despertarlo. Él abrió los ojos con descontrol, pero con un gran descanso, e inmediatamente preguntó por la mujer de la pastilla para preguntarle qué le había dado, pero fue inútil, la mujer se marchó pronto y nadie pudo decirle qué fue lo que había logrado que él descansara de esa manera.

Se dirigió a la zona de taxis y cuando estuvo parado en la fila de espera vio un cielo más negro que nunca. Una lluvia apenas perceptible le mojó la cara. Él sintió una tristeza enorme.

Capítulo VI

Regresábamos muy cansados del rumbo de Iztapalapa un poco después de hacer unos mítines en toda la zona. Habíamos dejado el coche del Gancho en la Facultad porque se planeó recorrer el rumbo en dos camiones tomados de la línea Coyoacán –Colonia del Valle– CU; antes cantamos varias de las canciones tomadas de la música mexicana tradicional y arregladas para el Movimiento. En particular, repetimos dos o tres veces aquella de *La cárcel de Cananea* que tanto le gustaba a Laura; era agradable oírla cantar con ese sentimiento tan ajeno a su edad; tal parecía que hubiera pasado por un sinnúmero de desgracias que reflejaba en una entonación melancólica.

> *...Condenamos a Gustavo, a Gustavo Díaz Ordaz...*
> *Condenamos a Gustavo, a Gustavo Díaz Ordaz*
> *Por ser hombre de derecha, reaccionario e incapaz*
> *Por ser hombre de derecha, reaccionario e incapaz...*
> *...Un gorila se paseaba, se paseaba por Colima*
> *Un gorila se paseaba, se paseaba por Colima*

Y otro gran gorila quiere, la silla presidencial
Y otro gran gorila quiere, la silla presidencial...
...Y si ustedes me preguntan, a quién yo le estoy cantando
Y si ustedes me preguntan, a quién yo le estoy cantando
Yo les digo que a Gustavo, y a Corona del Rosal
Yo les digo que a Gustavo, y a Corona del Rosal...

Estábamos muy al oriente de la Calzada Ermita Iztapalapa y nos dirigíamos a la Universidad cuando oímos la voz de alarma que apareció casi de manera simultánea en los dos camiones repletos de estudiantes que formaban la caravana de la alegría y el cansancio.

—Aguas, aguas, ai vienen los granaderos... —gritó una de las compañeras que era medio líder y venía colgada en la puerta de nuestro camión.

Los dos camiones donde parecía que los granaderos pululaban se acercaron más que decididos hacia nuestro grupo, que en ese momento dejó de ser la caravana del cansancio y la alegría, para volverse, en dos segundos, la de la vitalidad y el temor.

Andrés, que iba apenas recargado en el hombro de Laura, volteó hacia mi y el Gancho que ya buscábamos con ansiedad cómo salir de ahí.

—¿Y ahora, qué hacemos?

—Vámonos. Hay que salirnos y correr todos en diferentes direcciones —le contesté a Andrés, pero al parecer fue como una orden o estrategia, porque se oyó una especie de aprobación general.

—Sí, sí, vámonos...

—Pérense que se pare el camión para salir, cabrones, no los vaya a atropellar...

—Tú, vente conmigo, si no que chingados le digo a tu mamá —le dijo uno de los compañeros a una güerita de Biología que había aparecido en las brigadas por primera vez.

Bajamos como pudimos del camión. Mientras varios se hacían bola en la puerta y se atropellaban para salir, otros brincamos por las ventanillas y hacíamos gala de nuestra juventud al saltar y correr con la velocidad usual: hechos la chingada; me acordé de mi mamá cuando noté que parecíamos *cucarachas en quemazón,* como ella decía.

De repente, me di cuenta que al correr traía a Laura de la mano. Andrés, el Gancho, y los demás, habían seguido la estrategia determinada después de una gran reflexión, es decir, corrieron al *¡Viva México!*

Cuando parecía que todo había salido bien y que la acción tomada resultaba más que buena, Laura y yo volteamos y nos dimos cuenta de la tragedia: nos habíamos salvado y corríamos sin ser perseguidos porque los dos camiones de granaderos rodearon el camión que nos seguía y estaban golpeando y deteniendo a casi todos los que iban ahí. Algunos alcanzaron a brincar por las ventanillas y corrieron, otro compañero, subido al techo del camión, amenazaba a los policías con algo así como un ladrillo en la mano, mientras éstos le apuntaban con las madres ésas como rifles que traían y le gritaban que se bajara.

—¿Qué hacemos —me dijo Laura con cara de verdadera angustia—, regresamos a ver qué pasa, o nos vamos, o qué... dime qué chingados hacemos?

Me sorprendí al verla gritar y notar su desesperación porque al parecer yo estaba tranquilo, aunque cansado por la carrera que dimos.

—¿Cómo puedes estar tan como si nada si están madreando y deteniendo a todos? —volvió a gritar.

—No, espérate, si no estoy tan como si nada, estoy hecho un pendejo, no sé qué hacer… pero vámonos, vamos a la Facultad y allá vemos qué pasó y a ver qué chingados podemos hacer.

Laura me vio y alcancé a notar en ella el desconcierto mezclado con la ternura de la solidaridad, y casi en voz baja me dijo:

—Pero… los están madreando, ¿no alcanzas a ver?

Sí, sí alcanzo a ver… sí, es cierto, lo están madreando a todos, a ellos y a ellas; vámonos rápido —le dije mientras empezaba a recobrar la conciencia de lo que estaba sucediendo—, vámonos a la Facultad para ver qué hacemos.

Recorrimos varias calles tomados de la mano. Laura no se recuperaba y, aunque no lloraba, yo sentía que en cualquier momento podría venirse abajo, y entonces sí yo no sabría qué hacer. Estaba preocupado por eso cuando ella dijo con una voz llena de rabia:

—Hijos de la chingada, ¿viste cómo estaban golpeando a la Peque?; llegando a Ciencias hay que decirles a todos que hay que ir por ellas, que hay que rescatarlas, que hay que…

No alcanzó a decir más y explotó en un llanto amargo, un llanto contenido de días, de semanas, de quién sabe cuánto tiempo atrás.

No supe qué hacer y la abracé. La abracé fuerte y noté que yo también lloraba, lloraba de rabia, de desánimo, de impotencia… y de miedo, de un miedo terrible que se abrazaba con nosotros y que ya no se nos separaría en mucho tiempo más.

Cuando llegamos a la Facultad ya estaban ahí Andrés, el Gancho y el Actuario, que no pudo ir a esos mítines porque su padre se lo había prohibido, diciéndole que esa zona era muy peligrosa y que qué ocurrencias, nadie sabe lo que están haciendo, un día de estos...

—Ya cállate, pinche Actuario, deja ver cómo viene Laura —dijo el Gancho de una manera que sorprendió a todos.

Nos volteamos a ver los cinco y nos abrazamos tímidamente en la entrada del auditorio.

—Vamos a entrar —dijo Andrés— parece que ya se sabe a quiénes detuvieron y ai vienen ya la Güera y Marcelino.

La asamblea extraordinaria era un tanto caótica; todo mundo quería hablar y se oían las versiones más contradictorias de lo que había sucedido.

—Qué sí, que agarraron al Pino, yo lo vi, yo iba con él.

—Al que estoy seguro que agarraron fue a Paco.

—¿Cuál Paco?, digan nombres.

—Paco, el hermano del de Álgebra

—¿De Raggi?

—Sí, de Raggi.

—¿Te cai?

—Agarraron como a 30, yo los vi.

—¿Treinta?, no, eran más.

—No, hombre, agarraron como a 10.

En un arranque de furia Laura se dirigió al estrado y tomó el micrófono sin pedir la palabra a nadie.

—Espérate, compañera...

—Espérate madres —respondió Laura con una cara y una voz que logró callar a todo el auditorio.

—A los que hayan agarrado, sean dos o sean treinta, hay que ayudarlos. No importa quiénes sean ni si son conocidos o no; agarraron y madrearon a varias chavas, como tú —dijo señalando a la güerita de Biología que se había salvado gracias a las circunstancias–, o como tú –y señaló a otra estudiante–, o como yo –dijo con el llanto casi ahogándole la voz.

El silencio esperaba órdenes.

–Hay que hacer una lista de todos los que estemos seguros que falten, pero seguros, cabrones, no hay que andar con que a mí me dijeron, creo que a fulano, yo vi como que a zutano, no, no mamen.

–Compañera –se oyó decir a alguien que estaba en el presídium–, quedamos en que no se iban a decir esas palabras en el micrófono.

Pareció que la voz hubiera hablado a nadie. Laura apenas se movió para ordenar sus ideas.

–Tenemos que avisar a sus familias. A ver, ¿quién puede decir con seguridad quiénes son los que faltan?, ¿quién puede ir anotando?

–Yo estoy seguro que falta el compañero Raggi.

–Yo vi que detuvieron y golpearon al Cabezón, perdón, al compañero Utrilla.

Se hizo la lista en un silencio respetuoso mientras se organizaba la forma de ir a avisar a las familias.

Andrés volteó a verme y me dijo con una pregunta que tenía toda la forma de una orden:

–Nosotros vamos a anotarnos para ir a avisar ¿no?

–Sí, vamos… oigan, tú, Actuario, y tú, Gancho, ¿pueden quedarse más tiempo? a lo mejor hoy no vamos a dormir a la casa.

–Sí, yo sí puedo –dijo el Gancho, con una edad inadecuada, pero con una decisión que hizo tartamudear al Actuario.

–Yo… este, déjenme ver, le voy a hablar por teléfono a mis padres –y al ver las reacciones continuó– pero, yo creo que sí, sí, yo creo que sí.

Cuando nos subimos al coche del Gancho, éste dijo como con toda naturalidad:

—Pinche Laura, qué güevotes, ¿no?

Los demás no contestamos, pero cuando menos yo sí me quedé pensando:

Sí, sí es cierto, qué güevotes...

Capítulo VII

Héctor despertó muy confundido en el hospital. No sabía cómo había llegado allí ni por qué estaba en ese lugar.

Trató de recordar lo sucedido el día de ayer y se dio cuenta de que ni siquiera recordaba las últimas horas del día de hoy. Se frotó los ojos como si tratara de despertarse de un mal sueño y se golpeó suavemente la cabeza con la palma de la mano, en un intento inútil por poner las cosas en orden.

Dirigió la vista hacia arriba y recorrió el cuarto con la mirada. Se sorprendió. Era un cuarto totalmente sobrio, desnudo de adornos, sin el aparato de televisión acostumbrado en los hospitales con pretensiones de ser buenos. Las paredes eran de un verde muy claro, despojadas de cualquier objeto que pudiera ser un indicio de dónde se encontraba Héctor.

Notó que junto a su brazo estaba uno de esos timbres que sirven para llamar a las enfermeras. Pensó en usarlo, pero se detuvo un poco pensando en qué les iba a preguntar; nuevamente sintió un desorden total en sus ideas y cerró los ojos tratando de entender qué estaba sucediendo.

Como respuesta mágica a sus inquietudes entró el médico amigo de amigos acompañado de otros dos médicos. Héctor les dirigió una mirada inquisitiva, y como silenciosa respuesta encontró tres sonrisas que le parecieron totalmente falsas y mensajeras de nada bueno.

Volvió a entrecerrar los ojos y desde una penumbra que le pareció perturbadora, hizo una pregunta:

—¿Es grave?

El médico amigo de amigos le contestó con otra sonrisa simulada al tiempo que le decía:

—¿Qué tal, Héctor, cómo te sientes esta mañana?, mira, te voy a presentar a mis amigos y compañeros, el doctor Alatorre y el doctor Cifuentes. El doctor Alatorre es psiquiatra y el doctor Cifuentes es neurólogo. Aparte de ser colegas, como ya te dije, son mis amigos y van a ayudarnos en tu tratamiento; bueno, si tú estás de acuerdo.

Héctor vio a los médicos un poco más serios y su perturbación aumentó. *Tratamiento de qué*, pensó, *¿psiquiatra y neurólogo?*

—A ver, doctor —dijo dirigiéndose al médico amigo con un humor y una claridad que lo sorprendieron—, como dijo el descuartizador: vamos por partes. Primero dígame dónde estoy, qué estoy haciendo aquí, y por qué vienen un psiquiatra y un neurólogo a verme. Después acláreme dónde está mi esposa y por qué no vino con ustedes y, por último, explíquenme, por favor, qué chingados me pasó.

—Sí, Héctor, tiene usted razón —dijo el psiquiatra—, usted tiene todo el derecho del mundo de que sus inquietudes sean respondidas. Precisamente, para eso estoy yo aquí. Yo le voy a explicar qué es lo que está sucediendo.

—Sí, por favor. Además, esto parece un cuarto de manicomio, y, ahora sí, por último, díganme quién chingados va a pagar todo esto. Yo no tengo ni un pinche quinto destinado a ésto. ¿Dónde está mi esposa? —dijo Héctor con angustia.

—Todo te lo va a explicar el doctor Alatorre, Héctor, no te preocupes. Por lo pronto el doctor Cifuentes y yo los dejamos solos para que platiquen; después regreso para hablar contigo. ¿De acuerdo?

Héctor volteó a ver al psiquiatra, al médico amigo, al neurólogo y solamente musitó con un dejo de tristeza:

—Sí, está bien, luego platicamos.

Con mucha paciencia y tranquilidad el psiquiatra le fue contando a Héctor todo lo que había sucedido.

Le dijo que lo encontraron en la Central del Norte diciendo que venía de Colima; que fue para descansar y visitar a sus amigos, pero que se enteró de la muerte de su amigo Enrique y que se regresó. Le dijo también que cuando lo encontraron preguntaba desesperadamente por la señora que le dio la pastilla para dormir. Y le dijo que lloraba mucho.

Héctor le contestó que sí, que en efecto así era. Pero que no sabía qué había pasado después y cómo llegó al hospital, porque suponía que estaba en un hospital.

El psiquiatra le contestó que sí, que estaba en una clínica de reposo para enfermos con inquietudes anormales, y no le dio tiempo de preguntar más: comenzó a relatarle que él, Héctor, nunca había ido a Colima, bueno al menos en los últimos diez años; que su amigo Enrique estaba vivo; lo mandaba saludar con afecto desde Colima y se disculpaba por no poder venir a verlo en estos días. Que se había subido a un camión, pero que éste no iba a ninguna parte, bueno, sí, lo estaban llevando a lavar; que nadie supo qué se tomó con un vaso de agua, pero vieron huir a una mujer, a quien alguien al parecer sin ningún fundamento, calificó como vendedora de droga. La gente lo empezó a rodear porque gritaba y lloraba diciendo que su amigo Enrique estaba muerto, pero que él lo había visto caminando muy contento por *Las siete esquinas*. El médico continuó diciéndole que al parecer sufrió un ataque de ansiedad y lo más extraño era que él, Héctor, lloró mucho y quería oír a alguien diciéndole que sí había oído la voz cuando lo llamaba con insistencia, que sí era cierto.

El psiquiatra también le dijo que su esposa estaba bien y que no tenía de qué preocuparse; que estaba arreglando algunos asuntos en el lugar de trabajo de Héctor y en el propio empleo de ella; y que además, por cierto, alguien de la oficina donde trabajaba Héctor vino para decirnos que le ordenaron ocuparse de los gastos que resultaran por todo esto y para asegurarse que a Héctor se le diera la atención necesaria sin reparar en cuestiones de dinero.

Héctor no salía de su asombro y permanecía mudo e impactado. Sólo alcanzó a preguntar:

—Entonces, ¿dice usted que no fui a Colima?

—No, no fue a Colima; y prepárese para recibir a su amigo Enrique cuando pueda venir a visitarlo; él está bien de salud.

A Héctor le dolió todo el cuerpo. Sudó en frío y sintió una gran tristeza y mucho sueño.

El psiquiatra dijo que eran los efectos de un tranquilizante, que por cierto tendría que empezar a tomar por un tiempo indefinido y que iba dormir por un buen rato.

Héctor todavía logró decir:

—Esto ya valió madres.

Capítulo VIII

A la primera manifestación, la que después fue bauti-
zada como la del Rector, habíamos asistido todos de
manera independiente. Todavía no formábamos la Brigada
y sólo Andrés y yo nos conocíamos bien. A Laura la vimos
poco después y por alguna extraña razón que nunca supimos
comenzó a acercarse a nosotros. El Actuario tomaba algunas
clases conmigo y al no tener con quien juntarse también nos
buscó unos días después.

A esa marcha fuimos más en plan de desmadre, como después tuvimos que reconocer a regañadientes, que por alguna
convicción política o indignación solidaria como sucedería en
los meses siguientes.

Nos divertimos viendo a la gente —ya desde ese entonces—
apoyar a los estudiantes y los maestros, que en ese momento
también tenían una participación más reducida y desinforma-
da. Vimos cómo desde el famoso multifamiliar de Coyoacán
y Félix Cuevas salían a las ventanas y nos impulsaban a seguir
luchando. Esa tarde llovía y los habitantes del multifamiliar
arrojaban periódicos y plásticos para que nos tapáramos.

Las consignas, entonces coreadas con risas y sin conciencia, de No *queremos olimpiada, queremos revolución,* no tenían mayor significado que un reto al viento.

En el mitin dedicamos la mayor parte del tiempo a revisar quién asistía y qué tan informados estaban de lo que sucedía. Ahí vimos por primera vez a una pareja de físicas con la que después coincidiríamos en muchos eventos, algunos de ellos agradables y otros muy lejos de eso. Andrés y yo las conocíamos como las del Mercedes, porque de esa marca era el coche en el siempre andaban; un Mercedes gris, de los armados en México y muy de moda en ese tiempo entre la clase media alta.

Al inicio de la formación de brigadas consideramos muy en serio acercarnos a ellas y proponerles la creación de una brigada, pero, como nos pasó muchas veces durante nuestra vida en la Facultad, nos ganó la timidez o la pendejez.

De ese mitin nos fuimos a tomar un café y con aire de perdonavidas analizamos las tendencias y perspectivas sociales y políticas del Movimiento.

El día que se realizó la segunda manifestación, la que fue del Casco de Santo Tomás al Zócalo, nos sucedió una tragedia, bueno, es una manera de decirlo.

Eran como las doce y estaba en mi casa listo para irme a CU cuando me llamó uno de mis amigos de Chiapas, de los de la Prepa, y sin más ni más me dijo:

—¿Qué crees, cabrón?, estoy con tres chavas canadienses en un café de Insurgentes, aquí en el cine de Las Américas. Dicen que quieren ir a pasear y conocer la ciudad, pero no tengo coche y orita lo único que se me ocurrió fue hablarte para ver si puedes conseguir uno con alguien.

—¿Me estás cotorreando, verdad... tres canadienses?

Me juró que era verdad y como respuesta a una de mis dudas me dijo que sí, que estaban súper buenas y se veían dispuestísimas, aunque eso no lo juró.

Le hablé a Andrés y le dije que convenciera a su papá de que nos prestara el carro; iríamos un rato con las canadienses, las conoceríamos, haríamos plan para el día siguiente y nos daría tiempo suficiente para irnos después a la manifestación.

También me hizo jurar que era verdad. Quedó de llamarme unos minutos después y como una hora más tarde ya estábamos llegando en el Ford 200 a reunirnos con mi cuate Balderas al lugar de la cita, que lo fijamos mucho más al Sur de la ciudad porque antes tuvimos que pasar al Monte de Piedad, sucursal Portales, a empeñar mi reloj que de pura casualidad en esos días andaba conmigo.

Llegamos con mi amigo y efectivamente no nos había mentido. Estaba con tres chavas canadienses: una un tanto cuanto excedida de peso, pero con una cara muy risueña y bonita, y a quien Balderas, mi ex compañero de la Prepa tenía más que apergollada; las otras dos eran parte de la tragedia: no le podíamos reclamar Balderas por que nos hubiera mentido, quién sabe cómo estarían de buenas, ni me fijé; eran, efectivamente, más bien güeritas, de ojos azules o verdes, o algo así; además no pudimos reclamar nada porque cumplían con la descripción que como buenos malinchistas hasta ese momento nos tenía entusiasmados. Pero en términos generales eran espantosas. Andrés, quien no pudo escabullirse al verlas, argumentó que tenía que irse con urgencia, pero finalmente aceptó resignado quedarse al ver que él era la única posibilidad de transporte, y con enojo mal disimulado dijo:

—Pero conste, el coche me lo prestaron nada más hasta las tres, yo no puedo quedarme ni un minuto más.

A Andrés le tocó lo peor del lote; su acompañante fue una gordita que fácilmente se acercaba a los 100 kilos, pero que muy libremente lo había elegido sin darle tiempo de nada. Mi acompañante, por otro lado, era delgadísima, blanca, un poco estrábica y con un cabello menos claro que el de las otras, no sólo suelto, sino totalmente desarreglado.

Por si lo anterior fuera poco, ellas pertenecían a la región francesa de Canadá y, obviamente, hablaban Francés, un Inglés bastante extraño para nosotros y tres palabras de español. Por nuestra parte, el Inglés que manejábamos Balderas y yo era el aprendido en la Prepa de Chiapas y quizá no excedía a la mitad de lo que ellas hablaban a los tres años de edad. Recordamos un curso de Francés que hicimos en la Prepa, pero nuestro lenguaje se componía de palabras y frases como: este es un pizarrón; este es un lápiz; cómo está usted y yo soy mexicano. Andrés había hecho la primaria en un colegio francés en México, por lo que volteé a verlo con alguna esperanza, pero me confesó que lo único que sabía en Francés era *La Marsellesa*.

A través de señas les contamos de un lugar maravilloso que tenían que conocer: Xochimilco, a donde nos dirigimos después de comprar una botella de tequila de a litro por lo que pudiera ofrecerse.

Al llegar alquilamos una trajinera revisando cada rato el reloj para que no se nos hiciera tarde. Compramos barbacoa, tortillas y nos hicimos a la mar; bueno, al agua.

Casi dos horas después Andrés iba abrazado de su pareja de tal forma que varias veces estuvieron en riesgo de irse al canal. Los dos decían que se amaban y que ya jamás se separarían. Mi pareja y yo estábamos enmudecidos, pero en esta ocasión no debido a la timidez ni al idioma, sino a que el tequila nos dejó idiotizados. Balderas y la *gordita menos pior* fajaban de una manera que representaban un show aparte. El joven que conducía la trajinera nos mostraba ante todos sus compañeros de trabajo como si fuéramos material de feria.

Cuando las fuimos a dejar a su hotel en el centro de la ciudad, cerca de las nueve de la noche, Andrés, quién sabe por qué razón, sólo le decía a la gordita, gordita: *You offendation to me*, o algo parecido, y por ratos nos presumía su Francés entonando *La Marsellesa*.

Yo seguía en condiciones de estupidez total y Balderas no se despegaba de los labios de la otra gordita.

Al día siguiente, cuando Andrés y yo nos encontramos en la Facultad, nos miramos recelosos y a propuesta casi unísona acordamos y prometimos no mencionar el hecho nunca; promesa que hasta ahora había cumplido muy relativamente.

Cuando llegó Laura no habíamos tenido tiempo de ponernos de acuerdo sobre alguna excusa. Se nos acercó y quién sabe si más enojada que con preocupación nos dijo:

—¿Qué les pasó?, nos tuvieron bien preocupados.

Cuando se dio cuenta de que no teníamos respuesta porque empezamos a tartamudear y a decir cosas sin sentido dijo:

—Qué poca madre tienen, si así va a funcionar la Brigada mejor se van mucho a la chingada.

Nos reímos por el verso y le juramos que no tenía de qué preocuparse que todo estaba bien y que ya no volvería a haber ningún problema.

Nos vio indignada y alejándose dijo:

—Voy por un café, nos vemos adentro del auditorio, allá anda el Actuario.

Cuando oí hablar del café noté que no podía distinguir si mi malestar era más grande por la *cruda* del día anterior o por la informalidad demostrada.

Entramos al auditorio con la cola entre las patas y el Actuario nos gritó:

—Héctor, Andrés, ya estaba formado para anotarlos en la lista de desaparecidos, ¿qué pasó, los detuvieron?

Andrés y yo nos quedamos callados y apenados.

Eran días en que no sentíamos la necesidad de demostrar una conciencia política o revolucionaria; o jornadas en que la tendencia al desmadre le ganaba a la de nuestra participación social. Apenas unos días después comentamos con incredulidad cómo se había transformado esa situación.

Capítulo IX

Una psicóloga amiga y compañera de trabajo en la Financiera, donde Héctor ya tenía algunos años como funcionario de nivel muy mediano, le recomendó al psicoanalista que fue a ver por primera vez lleno de dudas, pero urgido por la situación. Con el trabajo en la Financiera y un matrimonio lleno de tranquilidad y calma había podido llevar una vida en paz, si no con él mismo, cuando menos sí con su familia y con sus nuevas amistades del trabajo y de círculos muy alejados de su viejo entorno universitario.

La primera vez que Héctor platicó con el psicoanalista recomendado, éste le pareció *muy mamón y algo prepotente*, pero, sin embargo, la experiencia que tuvo después de esa primera sesión fue la de una sensación que percibió como algo que iba a cambiar su modo de ver las cosas, *si no es que toda mi vida*, pensó.

El analista, como después se acostumbraría Héctor a referirse al psicólogo, demostraba a la menor provocación una pedantería propia de alguien que cree pertenecer a un círculo elitista y exclusivo, y con frecuencia se expresaba abusando de la terminología propia de los profesionistas relacionados con esas labores.

Según le enfatizó la amiga que se lo recomendó, el psicólogo contaba con un doctorado en psicoterapia psicoanalítica o algo parecido, cosa que impresionó a Héctor. Además, había logrado inducirlo a hablar en términos muy generales de su problema, lo cual hizo que él se sintiera como si por primera vez alguien entendiera de qué estaba hablando o, por lo menos, como si tratara de entenderlo.

Le pareció increíble que después de sólo una sesión él se sintiera más tranquilo y con deseos de seguir hablando de temas que suponía que a nadie le interesaban; aún más, Héctor experimentó, por primera vez en mucho tiempo, algo parecido a una tranquilidad producida por haber sacado algo de muy adentro de sí mismo. Sintió que expulsó algo, quién sabe qué, pero que le quitó un peso de encima. Y le iba a quitar muchos más.

Después de platicar con su esposa y con la psicóloga amiga el resultado tan optimista de su primera sesión, se dio cuenta de que bajo esa delgada capa de bienestar producido por la sesión estaba una intensa preocupación por algo de lo tratado en ella y que él había soslayado involuntariamente. Era algo que se asomaba como decía en broma que se aparecían las ánimas en Colima: en silencio, de repente, sin tocar el suelo, pero apenas despegadas de éste, como flotando.

Al otro día, después de servirse una taza de café y sentarse con parsimonia frente a su escritorio en la oficina de la Financiera, fría y triste a pesar de la temperatura controlada del edificio, empezó a revisar con calma la plática con el analista y percibió un estremecimiento que lo angustió, que lo perturbó al grado de sorprenderse con un temblor cuando pasó su jefe, e igual de frío que la oficina, sólo dijo:

—Buenos días.

Después de tres sesiones los sentimientos de Héctor se habían incrementado en ambas direcciones: por un lado, la sensación de tranquilidad era más constante y notoria, pero por otra parte también la preocupación por algo todavía no muy claro para él se presentaba continuamente y le producía mayor angustia.

En una sesión posterior el analista le dijo con el tono de prepotencia que tanto molestaba a Héctor, con palabras que le parecieron muy crudas, que los problemas que él tenía no eran de ninguna manera sencillos, que su enfermedad, así la nombró, era grave en términos psicológicos y que para tratarla se requerían tres sesiones por semana.

Usted no está aquí por una gripita, usted tiene pulmonía, fue la expresión textual del analista, expresión que Héctor recordaría por mucho tiempo.

La necesidad de asistir a tres sesiones semanales y el costo que eso implicaba lo desconcertaron; le pareció exagerado lo de la pulmonía, pero se le hizo más exagerado todavía el dinero que tendría que destinar al tratamiento. Aunque su situación económica le permitía con algún esfuerzo familiar enfrentar ese costo, él no estaba totalmente convencido de los argumentos del analista para que aceptara el tratamiento. Se dijo que no era para tanto, que seguramente el analista quería asegurarse un buen ingreso por un tiempo indefinido, que tal vez valdría la pena consultar con otro especialista, que a lo mejor la intranquilidad que sentía con mayor frecuencia era pasajera, que...

Cuando lo platicó con su esposa le sorprendió la respuesta de ella: no sólo estaba de acuerdo en que tomara el tratamiento, lo animó y le dijo que no se preocupara tanto por el dinero, que las cosas en la Financiera iban bien y que a ella quizá le darían un aumento de sueldo en su trabajo en esa temporada.

Cuando él se resistió y argumentó que de todos modos era mucho dinero y que les cambiaba los planes a futuro, ella hizo un recuento de la situación: él llegó con el analista sin poder dormir; tomaba tranquilizantes durante el día; sudaba durante la noche al grado de humedecer las sábanas y cuando lograba dormirse, con frecuencia despertaba alarmado preguntando qué sucedía. Después de sólo tres sesiones había conseguido dejar de tomar tranquilizantes; dormía mucho mejor y en una ocasión hasta dejó de oír el timbre del teléfono; sudaba mucho menos y los despertares con alarma prácticamente desaparecieron; qué más podía pedir.

En ese momento Héctor se dio cuenta con claridad: no era el dinero.

Tomó conciencia de un miedo terrible. Vio venir al monstruo que tendría que enfrentar. No podía verle la forma, no sabía cómo era, pero lo advirtió como algo descomunal y horripilante. Por primera vez vio la pulmonía que le mencionó el analista.

Pensó en los tranquilizantes. Después de tomarlos durante años le había preguntado al analista cuánto tiempo más tendría que recurrir a ellos. El doctor le dijo que en el momento que Héctor quisiera podía suprimirlos. Él lo miró con sorpresa y le preguntó que si estaba seguro. El analista sonrió con una mueca de soberbia recurrente en él. Al día siguiente Héctor dejó los tranquilizantes por muchos años.

Trató de examinar con calma la situación. Calculó las limitaciones que el gasto suponía. Pensó en todas las burlas y bromas que ya le hacían por ir con un loquero, en cómo éstas irían aumentado y si podrían perjudicarlo en su trabajo. Revisó los beneficios logrados hasta ese momento y recordó con detalle cómo su esposa los exponía con una claridad de la que él no se percataba. Decidió que le diría al doctor que únicamente podría pagar dos sesiones por semana. Evaluó el daño y volvió a ver al monstruo.

Casi balbuceó cuando, sintiendo un gran temor por la decisión que tomaba, le dijo a su esposa:

—Está bien, voy a tomar el tratamiento y vamos a ver qué pasa.

Capítulo X

—Apúrense, ya están saliendo los camiones, ya no vamos a alcanzar lugar —mis gritos se oían medio destemplados entre todo el caos que había en el estacionamiento de la Facultad.

Andrés y Laura voltearon a verme descontrolados porque yo sabía la causa del retraso.

—Espérate, güey, ¿qué no ves que falta el Gancho? —me recriminó Andrés.

—Pues ai después que nos alcance, ya son como las dos y la manifestación empieza a las cuatro.

—Sí —dijo Laura—, mejor ya hay que irnos, Andrés, después nos va a encontrar el Gancho, si no es tan güey.

Estábamos en plena discusión cuando apareció el Gancho con la cara roja y sudada.

Vi la cara roja y sudada de un niño. Por un instante sentí miedo y pensé en mis hermanos: el que estaba en el Politécnico y la que estudiaba Trabajo Social. Siempre nos hacíamos la misma recomendación: mejor no hay que ir hoy, dicen que va estar muy vigilado todo y que hay peligro de que repriman, pero siempre íbamos; los tres. A veces, en las noches en que coincidíamos en la casa, platicábamos nuestras experiencias y nos reíamos; y siempre oíamos a mi madre decir casi de manera automática:

—Sí, orita sí mucha risa, pero cuando llegue la policía y encuentre el montón ése de propaganda que tienen en su cuarto, a ver qué hacen.

—Sí, sí es cierto, hay que llevarnos toda la propaganda por si alguien se aparece por aquí —contestaba alguno de nosotros casi también como por costumbre y seguíamos riendo de las anécdotas del Movimiento.

—Apúrate, pinche Héctor, ¿no que tanta prisa?

El grito de Andrés me hizo regresar del ensimismamiento en que estaba y regresar a la locura que se vivía en ese momento.

—Me cai que a veces me preocupas, pinche Héctor, se te va el avión re gacho —insistió Andrés.

—Que avión ni que la chingada, vamos a alcanzar ese camión que está saliendo, creo que todavía lleva unos lugares.

Los cuatro corrimos y alcanzamos el camión ya en movimiento.

—Pérate, pérate, chofer, faltamos nosotros, falta una dama —grité con sorna.

—Dama tu abuela —dijo Laura y se subió al camión con una alegría que la desbordaba y la hacía más sensual.

El Museo de Antropología era otro. No tenía nada que ver con el Museo de las visitas escolares o de acompañante de algún familiar de Colima que deseaba con ansias conocerlo.

El estacionamiento y los prados que lo rodeaban se habían convertido en lugar de reposo para una masa de camiones conseguidos expresamente para la manifestación y algunos autos de maestros y estudiantes que sirvieron como transporte masivo. Era una visión mágica. De dónde había salido aquella monstruosidad de camiones.

Nos volteamos a ver y nos reímos, quizá porque todos pensamos en lo mismo: en esa increíble operación para llevar camiones a la Universidad y después utilizarlos para irnos a la manifestación.

Recordé cómo nuestra Brigada, que después se volvió famosa por tantos camiones que juntamos, trabajó toda la tarde del día anterior y la mañana de ése para acumular camiones hasta que alguien, con un poco más de sensatez, nos dijo:

—Ya, párenle, cabrones, ya no caben los camiones en la Facultad.

La estrategia la diseñamos todos y realmente tenía de estratégica lo que nosotros de ejecutivos financieros: Andrés y el Gancho se paraban de repente enfrente del camión cuando este hacía una parada y Laura y yo nos subíamos a decir el discursito preparado para el efecto.

—Por favor, señores, disculpen las molestias, pero vamos a llevar este camión a la Universidad porque tenemos que ayudar a transportar a los miles de compañeros que van a asistir a la manifestación, en la que protestaremos porque este gobierno represor no acepta las condiciones para llevar a cabo un diálogo público en el que...

Era cuestión de dos minutos; al chofer le decíamos que le íbamos a pagar su día y que podría comer en la cafetería de la Facultad, lo que seguramente se les hacía divertido porque aceptaban de buena gana, solicitándonos solamente que los dejáramos guardar el dinero recolectado durante el día. Todo se nos hizo muy fácil. Como el camión terminaba su recorrido muy cerca de ahí los pasajeros se bajaban casi sin protestar, aún más, en algunas ocasiones nos apoyaban y hasta nos pedían un bote para cooperar, bote que jamás faltaba en las manos de Laura.

Cuando salió el contingente de Ciencias del Museo de Antropología ya muchos otros iban adelante. Aparecieron grupos de todas las facultades y escuelas de la Universidad y del Politécnico, de Chapingo, de la Normal, de Antropología, museos, sindicatos, asociaciones populares, médicos y maestros, muchos maestros.

Por todas partes se oían los comentarios alegres e inconexos:

—Mira, mira ai van los desmadrosos de Ingeniería...

—Vente, vente para acá, mejor vámonos con las de Filosofía, están re buenas.

—Pinches arquitectos maricones...

—Cabrón, ¿ya viste a las de Enfermería?

—¿Cuál Enfermería, güey?, son doctoras...

—Doctoras mis huevos, cabrón, si están súper chavas.

—Por eso, güey, son de Medicina...

—Pues quién sabe, pero también están buenísimas.

—No mames, ¿las de Medicina?, se me hace que andas re necesitado.

—Mira, ahí está el maestro de *Análisis*.

—¿Cuál?

—Ése, güey, el medio peloncito de lentes; ése que tiene apellido extranjero.

—Ah, sí, ya lo vi, dicen que ese güey es a toda madre, ¿verdad?

—Sí, es a toda madre y bien entrón a esto de los mítines.

—Oye, ¿no es ése el que aparte de las asesorías de *Cálculo y Análisis* también da asesorías de cómo organizar las brigadas y todo eso?

–Sí, cabrón, ése es…

–Pues, qué huevos, porque a ellos sí, si los agarra la tira los andan entambando… porque uno como quiera se la saca con eso de que uno es estudiante y lo están manipulando y no me había dado cuenta, pero a ellos, ¿quién les hace un paro?

–Sí, ¿verdad?, a ellos si los agarran sí se los chingan.

–Y son un chingo de maestros los que vinieron, mira todos esos son nada más los de la Facultad.

–Y allá se ven aquellos otros, han de ser de Economía o algo así, ¿ya viste como andan vestidos?

La manifestación fue una alegría constante. Un concurso de frases y detalles ingeniosos en el que hubo muchísimos ganadores. Fue un recorrer el Paseo de la Reforma sin encontrar un espacio vacío en las banquetas. Todo lleno de gente gritando y apoyando al Movimiento.

Los gritos de *Únete pueblo* no paraban, y los aplausos de respuesta eran espontáneos y estruendosos.

Otra vez se oía la tonada de *La cárcel de Cananea*:

> *… Violaron la autonomía, al estilo americano*
> *violaron la autonomía, al estilo americano*
> *hay que romperles la madre, al estilo mexicano*
> *hay que romperles la madre, al estilo mexicano…*

–Compañeros, cuidado, cuidado con los provocadores, no hagan caso…

–Esas güeras no son provocadoras, son provocativas, a esas sí hay que hacerles caso… güera, güera…

–¿No ves que son gringas, güey?

–¿Y qué, a poco no entienden lo que les estoy diciendo? míralas, nomás se están riendo.

–Sí es cierto, cabrón, jálatelas…

–Güera, güera…

La llegada.

El Zócalo al oscurecer.

Entrar al Zócalo rodeado de amigos, de compañeros de la Facultad.

El ruido verdaderamente ensordecedor.

Las porras sonoras y espontáneas de Chapingo, la Normal, de otras escuelas.

Los *Huélums* y las *Goyas* colosales del Politécnico y la Universidad.

La fiesta de la juventud y el triunfo de la voluntad.

Laura, Andrés, el Gancho.

Los cantos.

La emoción.

Laura llorando.

Andrés y yo abrazados con Laura entre nosotros.

Laura tratando de jalar al Gancho.

El mitin.

El final.

Los comentarios al final fueron parte integrante e importante de la manifestación. Las preguntas de si habíamos visto a fulano o a mengano. Las críticas al grupito de biólogas fresas, pero guapísimas; otra vez los halagos para los maestros, las interminables anécdotas de ¿te fijaste cuando el señor que estaba en la banqueta se acercó a hablarme?, ¿no viste a la señora que estaba arrojando flores?, ¿y qué tal la cara de Héctor cuando entramos al Zócalo?, yo creí que se nos iba para siempre.

Andrés me alejó un poco de Laura y el Gancho y me dijo en voz baja:

—¿Viste cuántos grupos de agentes había en el recorrido?

—Sí, vi a algunos, ¿tú viste a los del Muro?

—Sí, sí los vi, no eran muchos, pero ahí andaban merodeando. Pero lo que más me impresionó fueron los soldados en Palacio Nacional, ¿te fijaste?

—Sí, los que estaban en el techo, ¿no?, oye, y ¿qué era eso que brillaba junto a ellos?

—¿Cómo qué?, pues las pinches bayonetas, ¿a poco no te fijaste?

—¿Bayonetas?, ay, no mames... pero yo creo que no se atreverán a usar al Ejército, ¿no?

—¿No, güey?... entonces ¿quiénes eran los del bazookazo en la Prepa 1?

Sin embargo, nos reímos como si nada pasara o fuera a pasar y alcanzamos a Laura y al Gancho. Esta vez teníamos un aliciente extra para estar alegres: en el mitin se tomó la *sabia* decisión de que el diálogo público tan solicitado por los estudiantes se llevara a cabo ahí, en pleno Zócalo, ah, y además, que fuera el día del Informe del presidente y sólo unas horas antes de éste. Se acordó también el establecimiento de guardias alternadas por parte de estudiantes, maestros y de los grupos participantes. Razón por la que en una toma de decisiones masiva y unánime en lo que se refería a nuestra Brigada, resolvimos regresar a las casas de unos de nosotros por cobijas, algo de comer y alguna otra cosa que pudiera necesitarse.

Eduardo, otro estudiante de Matemáticas y que tenía más vocación y destino de actor de teatro que de científico, se ofreció a llevar el café, debido a la cercanía de su casa con el Zócalo. Él siempre fue muy solidario y participativo en algunas de las actividades de la Brigada, pero por alguna razón que nunca nos dijo y que tampoco le preguntamos, no quiso ser parte de la misma de manera formal, lo cual implicaba que su nombre estuviera entre los datos que se manejaban en la Facultad, así como seguir algunas recomendaciones de seguridad y proponer otras.

Ésa era una situación que siempre discutíamos entre los brigadistas: la confianza que deberíamos tener o no en los que no querían o no podían participar de tiempo completo en una brigada. Pero en Eduardo siempre encontramos ayuda desinteresada y apoyo oportuno. Andrés y yo siempre lo consideramos más comprometido que el Actuario, por ejemplo. Era una de esas personas de las que nunca se podía dudar, pero que por alguna misteriosa razón tampoco podíamos contar con él de manera total.

Al volver a la Plaza todo era una fiesta. Fuimos y regresamos en muy poco tiempo. El carro del Gancho trabajó horas extras y generó, también, gastos extras, ya que con el auto del padre de Andrés no volvimos a contar hasta después del 2 de octubre.

Además de tener que convencer a nuestros padres de que la situación no era arriesgada (evitábamos en lo posible hablar con ellos de peligrosa) tuvimos que hacer colectas familiares para la gasolina, los refrescos, las quesadillas de Municipio Libre y mil cosas más.

Pero regresamos eufóricos. Recorrimos El Zócalo y vimos los campamentos que aparecieron como hongos: fogatas, guitarras, cobijas, chamarras gruesísimas, grupos de estudiantes de todas las escuelas, grupitos (literalmente bolitas) de artistas. Sorprendentemente, campesinos, obreros, padres de familia, todo el mundo.

—Creo que allá está Óscar Chávez

—¿Te cai, dónde?

—Allá güey, y creo que ése es Monsiváis, ¿o no?

—Sí, creo que sí es, pero la verdad es que no lo conozco muy bien...

Instalamos un campamento muy reducido, pero eso sí, con un gran letrero que competía con todos los otros que con orgullo indicaban la pertenencia: *Ciencias*. Tratamos de mil formas de hacer una fogata que terminó cuando el Gancho dijo:

—Voy a ver si encuentro a unos cuates de la Prepa.

Patricia, otra bióloga que se nos había unido desde la manifestación y una prima de ella —de la que Andrés y yo opinamos que estaba buenísima, razón por la cual le recomendaríamos a Laura la necesidad de contar con nuevos elementos en la Brigada—, también optaron por olvidarse de la fogata.

—Pos órale, nosotras también al rato regresamos a ver si ya pudieron prenderla —dijo la pretendida nueva adquisición.

Andrés y yo nos miramos uno al otro con cara de desconcierto, hechos unos pendejos, pensé después, y nada más sonreímos.

A lo lejos vimos venir a Eduardo con una olla de café que nos pareció inmensa y muy oportuna.

Capítulo XI

Los primeros meses y aun años que Héctor estuvo en tratamiento con el psicólogo le dieron una estabilidad sorprendente para él, su esposa y todos aquellos que lo conocían de cerca.

Los frecuentes ataques de angustia y depresión tan acostumbrados en Héctor se hicieron cada vez más aislados. Pero hubo algo que se redujo muy poco y que él sabía lo peligroso que era: su manera de beber casi no cambiaba.

Las parrandas con sus amigos, ya fueran de la Financiera o de la Preparatoria, seguían siendo continuas y costosas, además de que los riesgos asumidos eran cada vez más considerables. Cuando tomaba conducía su auto con imprudencia y no tuvo accidentes graves sólo porque *Dios es muy grande*, según decían sus hermanas, o porque las circunstancias no lo permitieron, pensaría él en una de sus revisiones medio interiores que de vez en cuando realizaba con el propósito de mejorar su conducta.

Sin embargo, Héctor pronto se dio cuenta de que su presumida estabilidad era tan endeble como la fuerza con la que creía en ella. Sucedió cuando un conocido casi amigo y compañero de un antiguo equipo de futbol le platicó de Paola. Tenía años sin saber de ella y fue una casualidad que hubiera encontrado a ese amigo y que éste supiera con amplitud lo que había sido de la vida de ella.

Después de tomarse varias copas con el conocido casi olvidado en un tugurio de la Portales que escogieron como refugio para platicar por aquello de los recuerdos, Héctor salió trastabillando y con los ojos vidriosos. El medio amigo iba tan borracho como Héctor cuando dejaron la cantina y le dijo a manera de despedida:

—Si quieres, en una de las veces que venga a México, le digo a Paola que te gustaría platicar con ella, a ver qué dice...

Él se imaginó un reencuentro con Paola y casi le tembló la voz al contestar:

—No, gracias, mejor así déjalo; es más, si hablas con ella ni siquiera le digas que me viste —dijo con la seguridad de que eso jamás iba a ser así.

—Bueno, pos nos vemos... ah, y gracias por los alcoholes, a ver cuándo lo repetimos.

—Órale, de nada, luego nos vemos —casi murmuró Héctor al alejarse.

Esa noche volvió a soñar con el mar enorme y embravecido; con las olas que crecían y crecían sin dejar de hacerlo; con los intentos de gritar y sentir el terror del enmudecimiento repentino; y claro, percibió la dolorosa sensación de querer volver a la conciencia sin poder lograrlo. Bueno, un sueño común y corriente para él en las épocas anteriores al psicoanálisis.

El despertar no lo alejó mucho de la impresión dolorosa de la noche anterior. Pensó en Paola y la sintió muy presente en su dolor de cabeza y en su molesta *cruda* por los tragos ingeridos.

La imaginó platicando con el medio amigo. Casi pudo verla sonriendo y con el movimiento de cabeza tan característico en ella al tiempo que diría:

—Ay, pues qué lástima, pero así es esto. Héctor no tiene remedio. De verdad que qué lástima porque hubo un tiempo en que… bueno, pero no viene al caso.

Cuando se dirigía a la oficina en su auto azul optó por tomar una decisión repentina y amenazadora. Se bajó con entusiasmo y desde una caseta de teléfono llamó a su secretaria en la Financiera para pedirle que lo reportara enfermo con su jefe, y que él después le explicaría. También le dijo que lo comunicara a la extensión de su amigo Alberto.

Cuando éste contestó, Héctor le pidió que se vieran en el barecito donde algunas veces acostumbraban ir a comer para regresar a trabajar en la tarde.

—¿Ahorita?, estás loco, cómo crees.

—Sí hombre, dile a tu jefe que tienes que ir a la Tesorería, o algo así y que no tardas mucho. En serio que tengo que contarte algo importante.

Como siempre sucedía en esos casos, Héctor convenció a Alberto —como éste lo hubiera convencido a él— y quedaron de verse en media hora. Él sabía que don Pepe les serviría a pesar de ser las 10:30 de la mañana y se sintió alegre por la elección hecha.

—Ingrata Paola —pensó y sonrió al imaginarse un título de canción ranchera.

Después de casi dos horas de estar tomando con su amigo se paró y le dijo que iba a orinar. El baño del barecito era muy angosto y olía espantosamente a los desechos mayormente líquidos de los borrachos. Tal vez era el lugar menos esperado para que sucediera:

—Héctor, Héctor, ven, ven…

Al voltear con rapidez y miedo para encontrar a quien le hablaba, se mojó el pantalón y casi grita, pero hubo algo instantáneo que lo contuvo. Sintió valor para enfrentar la voz. Dirigió la cara hacia donde parecía haber salido la frase y retó:

—¿Quién eres, cabrona, quién eres y qué chingados quieres, a ver, háblame de frente?

Alberto llegó corriendo y lo encontró fuera de sí.

—¿Qué pasó, cabrón, qué tienes?

—¿No la oíste?, ahí estaba… aquí acaba de estar y me habló —dijo mientras forcejeaba por meter el pene al pantalón.

—¿Quién, quién acaba de estar?, aquí no hay nadie, no mames, cabrón.

Héctor se abrazó de Alberto y comenzó a llorar con desesperación.

—No, no es posible, otra vez; ora sí ya me llevó la chingada.

CAPÍTULO XII

Después de tomarnos el café acompañados por Eduardo, quién con un poco de tristeza nos contó algunos detalles privados de la vida de su hermana, lo cual Andrés y yo no entendimos por qué venía al caso, y al notar que la tristeza de nuestro amigo aumentaba, nos dispusimos a dar otra vuelta por toda la Plaza. Junto con Eduardo caminamos un poco sin rumbo tratando de encontrar a Laura y sus, según nosotros, nuevas adquisiciones. Vimos que algunos de los grupos establecidos habían subido varios vehículos a la plancha del Zócalo, entre los que destacaba un camión del Poli bastante traqueteado, con grandes letreros de IPN pintados en guinda sobre fondo blanco y muchos estudiantes subidos en el techo; éstos todavía con ánimos de continuar el mitin, arengando a todos los que pasaban junto a ellos.

Dentro de algunos de los autos que estaban en la plancha se oía de todo, desde discusiones profundamente teóricas que hacían referencia a los *madrazos y los pinches granaderos* hasta jadeos y ruidos un tanto extraños para tratarse de un movimiento estudiantil defensor de las libertades democráticas.

A lo lejos distinguimos al Gancho acompañando a Laura y sus amigas. Se veían alegres y sonrientes.

Casi como de manera automática Andrés y yo nos volteamos a ver y sonreímos con una mueca de entendimiento. Eran esos momentos de alegría los que inevitablemente nos remitían a la preocupación.

Muchas veces nos reunimos Andrés y yo, a veces con Alan, o con algún maestro, alguien de más edad que inspirara confianza, brigadistas de otras facultades y escuelas, algunos padres de familia, en fin, con todos los que creyéramos que podrían aportar algo útil para nosotros o para el Movimiento y discutíamos por horas enteras. Siempre salía a relucir la recomendación de *cuidado con la ingenuidad*, además de la insistencia de tener presentes constantemente los riesgos que se corrían. Tal vez era en esas reuniones de las pocas ocasiones en que analizábamos con cuidado los movimientos del Movimiento. Era cuando yo conocía de cerca los puntos de vista de Andrés y él los míos. En esas reuniones exponíamos nuestra manera de pensar y nos percatábamos de acuerdos y divergencias, aunque éstas fueron, afortunadamente, siempre menores que aquéllos. Con cierta chocantería llamábamos a esas reuniones juntas de análisis, pero ya sin la chocantería sí era cierto que nos servían para revisar con un poco más de calma lo que estaba sucediendo. Además, si a eso agregábamos la diaria asistencia a la asamblea en la Facultad, podíamos considerar que nos manteníamos informados y preparados para discutir y justificar con quien fuera necesario los objetivos y las acciones del Movimiento.

Los lugares seleccionados para esas reuniones eran establecidos y manejados con mucha discreción y casi siempre se trataba de evitar que se realizaran en sitios que implicaran riesgos para los asistentes.

Pero lo que invariablemente sucedía era que salíamos de esos encuentros preocupados por incluir a Laura y el Gancho en todo esto, aunque ellos dijeran, al primer asomo de esta inquietud, que ellos ya estaban grandecitos, que ya sabían lo que hacían, que...

Fue al salir de una de esas juntas de análisis cuando después de discutir entre nosotros con más vehemencia que de costumbre, Andrés me dijo con un dejo de altanería:

—Mira, Héctor, a mi no vas a convencerme con tus argumentitos, yo estoy formado filosóficamente desde los 15 años.

—Ay, pinche Andrés, ahora sí te azotaste gachísimo.

—Bueno, pues aunque no lo creas.

Casi al mismo tiempo que encontramos al grupo de Laura, el Gancho y amigas recorriendo La Plaza, oímos el primer aviso: *Jóvenes, ya se les permitió hacer su manifestación, ya se les permitió hacer su mitin, ahora...y tienen que retirarse porque... están violando el artículo noveno de la Constitución... sólo lo repetiremos tres veces...*

—Ay, Dios, qué feo se oyó eso —dijo la bióloga invitada.

—Estultos, gaznápiros, pendejos... están locos si creen que nos van a amedrentar —comenzó a gritar Eduardo con una fuerza y un lenguaje que le desconocíamos.

—Cálmate Eduardo, vamos con los demás de Ciencias para ver qué hacemos —dije con notoria apuración.

—Cálmate tú, nada más están tratando de asustarnos. Tiene razón Eduardo, son unos estúpidos —casi me gritó Laura con una convicción que tenía mucho de deseo.

—Bueno, a ver, con calma, vamos con los de Ciencias.

—Sí, hay que ver qué pasa.

—Miren, allá está la güera, vamos a preguntarle qué chingados…

—Pero a ella para qué le preguntas, ya sabes su respuesta: no sean sacones, no pasa nada, no van a reprimir…

Cuando llegamos con los otros grupos de la Facultad la discusión ya empezaba a subir de tono. El Actuario, aparecido de quién sabe dónde, gritaba y manoteaba:

—Hay que irnos, rápido, tenemos que irnos.

—¿Ya viste a este güey? —le preguntó el Gancho incrédulo a Andrés.

Los argumentos iban y venían cuando apareció en el aire el segundo anuncio repitiendo una a una las palabras del primero: *Jóvenes, ya se les permitió hacer su manifestación, ya se les permitió hacer su mitin, ahora… y tienen que retirarse porque… están violando el artículo noveno de la Constitución… sólo lo repetiremos tres veces…*

Apareció una voz coherente:

—Miren, no sabemos si van a venir a reprimirnos o no, pero hay que prepararnos por si deciden desalojarnos. Tenemos que establecer una estrategia. Las mujeres prepárense para ir adelante en caso de que tengamos que salir de prisa. Los demás empecemos a levantar las tiendas y nuestras cosas por si acaso.

La Plaza entera comenzó a repetir nuestra conducta: todo era discusión, manotazos, gritos, insultos a la voz amenazadora, encendidos de autos y camiones, otros gritos buscando a los amigos, llamados a la calma y exhortaciones a no caer en el pánico, todas las recomendaciones y de todos los sabores.

—Vienen un chingo de patrullas y motociclistas por 20 de Noviembre.

—¿Tú las viste?

–Sí, miren, vengan, de aquí se ven…

–Ay, cabrón, de veras son un chingo.

–También por Pino Suárez viene otro montón de tiras o soldados o sepa la chingada qué serán, vámonos, no le hagan al desarrapado.

–Laura, vente para acá con tus amigas; vayan caminando hacia Madero pero ni corran ni se nos adelanten mucho.

–Gancho, ¿dónde se quedó el coche?

–Héctor, ¿qué chingados estás viendo?, vente para acá con nosotros.

–Espérate, mira, los del camión del Poli se están preparando para quedarse.

–Sí, güey, a lo mejor nos quedamos, pero lo más seguro es que tengamos que salir corriendo, hazte para acá.

El final del tercer anuncio coincidió con la entrada de las primeras patrullas a la plancha del Zócalo y con la apertura de puertas del Palacio Nacional, de donde empezaron a salir unos carros tanques acompañados de lo que nos pareció una multitud de soldados a pie. El Ejército.

La Plaza empezó a llenarse de luces y ruidos extraños y todos nos volteamos a ver.

Capítulo XIII

A partir de ese día las visitas al analista tuvieron otro significado: el fantasma de Paola se volvió recurrente y se apoderó del espacio y el tiempo de las sesiones.

Héctor no asociaba de ninguna manera la aparición de esa voz, tan aparentemente inofensiva como repentina, con la antigua relación vivida con Paola. Lo de ella había sido real y doloroso, no tenía un ápice de imaginario. La separación entre ellos le provocó a Héctor tanto dolores físicos como morales. Sus amigos hablaron de la *destrucción de Héctor* después del rompimiento con Paola.

Héctor le contó al analista casi con detalle el porqué de su amargura al traer el recuerdo de ella a su memoria.

Había conocido a Paola a fines del año 69 aunque, después de un espontáneo y aislado encuentro amoroso entre ellos, no comenzó a salir con ella con regularidad sino hasta avanzado el año 70. Era la época en que él vivía en una especie de sueño provocado tanto por los tranquilizantes que tomaba a diario como por esa somnolencia que le causaba el recordar el 68.

Al parecer Héctor se refugió en Paola y se prendió de ella con una desesperación que nadie entendió con claridad. Solamente confiaba en ella para confesar su verdadero estado de ánimo, y llegó a tal grado esa confianza que llevó a Paola a conocer su incipiente locura cuando le contó de sus terribles sueños que superaban con mucho al concepto tradicional de pesadilla, y de cómo su imaginación lo desbordaba con una frecuencia que lo mantenía atemorizado.

Al parecer el gran éxito inicial de la relación fue que ella nunca le dio mucha importancia al mundo secreto de Héctor y que siempre que hablaron de ese tema ella lo trataba como si estuviera relacionado con la película de moda; con una ligereza que sorprendía a Héctor y lo desarmaba.

A ella le interesaba más todo lo que él podía enseñarle de la vida estudiantil, pero no de la típica vida de un estudiante universitario, sino de los diferentes lugares desconocidos de las facultades donde él hacía una especie de vida estudiantil misteriosa sin pertenecer realmente a esas escuelas. A ella le gustaba conocer los cine clubes; las asociaciones secretas de estudiantes a las que él accedía como si fuera miembro distinguido en todas ellas; los lugares escondidos dentro de Ciudad Universitaria donde podían acariciarse prácticamente sin límite; las cafeterías menos frecuentadas dentro del campus y, por tanto, desconocidas para los neófitos. Todo eso hacía sentir a Paola como integrante de la cofradía de ociosos pero amplios conocedores de esos sitios clandestinos inaccesibles para la gran mayoría.

El problema para Héctor en ese periodo fue que la relación con ella se convirtió en su mundo absoluto. Fuera de Paola y del ámbito de la Ciudad Universitaria para él no existía nada. Todo su entorno lo constituyeron las exposiciones y las funciones de danza contemporánea en Arquitectura, los conciertos en el Ché Guevara (o Justo Sierra, como le seguían diciendo los enemigos de la desacralización), las películas en Ciencias, las hamburguesas de Químicas, la cafetería del Centro de Cálculo, los vericuetos del Camino Verde, Las Islas, siempre y de manera preponderante Las Islas, y claro, Paola como figura omnipresente.

Paola estudiaba Psicología cuando esta carrera todavía era parte de la Facultad de Filosofía y Letras. Pero su gran interés siempre fue lo disperso, lo vago, lo confuso y lo ambiguo. Su atracción por Héctor estaba basada en lo desconcertante del comportamiento y la personalidad de éste.

Ella lo conoció por casualidad en una visita que con una ex compañera de la Preparatoria hicieron a Ciencias, donde la amiga estudiaba Física y era parte de los alumnos del Taller de Electrónica, que Andrés impartía como ayudante de un maestro que estuvo involucrado en el movimiento.

Ella había descubierto a Héctor jugando con un osciloscopio sin hacer caso ni prestar la menor atención a lo que Andrés decía acerca de los transistores. Se acercó a él y lo observó por unos segundos antes de que él se percatara de su presencia. Cuando Héctor volteó a verla sintió que algo extraño y desconocido lo envolvía: una sensación intensa y absurda apareció de repente y se quedó con él por muchos años más.

—Hola, ¿qué haces, eh? —preguntó Paola con una mueca de coquetería.

—Nada. Solamente estoy viendo figuritas en este aparato.

—¿Y cómo se llama?

—¿Quién?

—¿Cómo quién?, el aparatito este —dijo Paola sonriendo.

Andrés vio de lejos a Héctor, porque se encontraba al final del salón, como pidiéndole que se callara, al mismo tiempo que la amiga de Paola le hizo señas a ésta para que saliera del salón.

Tanto Paola como Héctor se les quedaron viendo con cara de interrogación y sin saber qué pasaba; pero reaccionaron casi también de forma simultánea y sin ponerse de acuerdo ni esperar alguna señal abandonaron el aula.

Ya en el pasillo frío y un tanto oscuro, y sin mediar palabra alguna, caminaron juntos hacia la rampa que conducía a la salida.

Ésa fue la primera vez que hicieron el amor y la primera noche que pasaron juntos en el departamento de una tía de ella que frecuentemente se ausentaba del país dejándole las llaves a Paola, por lo que pudiera ofrecerse.

Héctor despertó viendo un cuadro de Modigliani, según le informaría Paola después, y con ella totalmente desnuda a su lado. Él no podía creer la situación. Nunca antes había tenido la oportunidad de despertarse acompañado de una mujer joven, bellísima según él y con una enorme sonrisa compartida, quién sabe si por la satisfacción sexual o por lo maravilloso que a Héctor le parecía lo sucedido.

El departamento era un sitio de lujo, de acuerdo con lo que Héctor le platicaría a Andrés días después, con muebles finos y de un gusto impecable, siempre según la versión de Héctor, con muchas pinturas colgadas en los muros, llenas de unos colores y texturas que a él le parecieron maravillosos a pesar de que se consideraba un crítico exigente en las exposiciones que frecuentaba. Pero sobre todo el piano: un enorme piano colocado de una manera precisa donde no estorbaba, no obstante que el departamento no era muy grande, pero sí resaltaba elegantemente contra una pared blanca con unas finísimas rayas negras casi a la altura del techo. Héctor pensó que nunca había tenido un piano de ese tamaño tan cerca de él. Lo tocó y pensó que cuando tuviera un hijo le pediría que aprendiera a tocar piano.

Él, con un temor inmenso por la reacción de ella, le confesó que nunca había pasado una noche con alguien y que también era la primera vez que no iba a dormir a su casa por un motivo así. Ella respondió con una sonrisa que a Héctor le pareció también perteneciente al país de las maravillas. Con los ojos abiertos al máximo y sentada completamente desnuda en el banco del piano le dijo que no podía creerlo, que cómo era posible, que… y soltó una carcajada que no tenía nada de burla y sí mucho de comprensión.

Héctor se acordó de Laura y sonrió.

Capítulo XIV

La reacción fue tan simultánea que pareció que hubiéramos recibido una orden altisonante dentro de nuestro cerebro.

Después de unas fracciones de segundo de pasmo total, empezamos a gritar al mismo tiempo.

—Primero las mujeres —se oyó una voz imperativa.

—Muévanse, son tanques y ya están subiéndose a la plancha.

—No, cálmense, no son tanques, son tanquetas o carros de asalto —dijo uno de los *estrategas* de la Facultad.

—Serán mis huevos, pero hay que salir de aquí hechos la chingada —gritó Eduardo con desesperación—. Los que quieran síganme, yo vivo por aquí cerca.

—No, Eduardo, no te vayas hacia tu casa, por allí están rodeándonos.

—Sí, sí es cierto, todos vámonos hacia Madero, por ahí se están yendo todos… pero vámonos, carajo.

Empezamos a caminar hacia esa calle y comenzó a invadirnos una especie de cordura acompañada de algo de tranquilidad al ver que los tanques —o lo que hayan sido— nos permitían avanzar sin arrollarnos; como si nada más quisieran que nos saliéramos del Zócalo. Pero eso sí, no detenían su paso, un paso lento pero constante.

Y brotaron las locuras como hongos: un estudiante empezó a meterse entre los tanques y trataba de torearlos con un sarape lleno de colores y que en ese momento parecía absolutamente fuera de lugar. Todos los que lo veían, pero de manera enfática las mujeres, empezaron a gritar que lo sacaran de ahí; que alguien fuera por él. Que lo ayudaran.

Pero al mismo tiempo surgió otra imagen, quién sabe si más perturbadora, pero que nos produjo una inquietud alarmante: los estudiantes que llegaron en el viejo camión del Politécnico no se querían mover de donde estaban. Algunos de ellos, parados en el techo del camión les mentaban la madre a los soldados y hacían la V de la victoria en dirección de las armas que llevaban los tanques.

Ya empezábamos a caminar sobre Madero cuando Andrés y yo nos veíamos uno al otro sin saber qué hacer. Afortunadamente Laura y sus acompañantes se habían adelantado; el Gancho y el Actuario las seguían más o menos de cerca y Eduardo estaba junto a nosotros.

—Hay que regresarnos a ayudarlos —dijo Eduardo con cara decidida—, allá está otro cuate que se quiere parar frente a un tanque, si no se quita lo van a matar.

No, no, espérate a ver si se quitan ellos solos —dije con más deseo que convicción—, es más, mira ya sacaron al cuate del sarape, allá lo traen cargando.

Oye, ¿qué ese cuate no es de la Facultad? —nos preguntó Andrés dirigiendo su mirada con los ojos entrecerrados hacia el del sarape.

–Sí, claro que sí –dijo Eduardo–, es el que siempre anda con la Güera; creo que le dicen el Copérnico, o algo así…

Pero está loco, sí ya sé quién es… caminen, vámonos, creo que también ya convencieron a los del Poli de que se quiten.

Sí, pero ya viste cómo les siguen mentando la madre a los soldados; con razón dicen que los del Poli sí están bien decididos –volvió a decir Eduardo con un dejo de admiración.

No, pues yo también estoy bien decidido, pero ni madres que hago esas pinches locuras –dije acelerando el paso y guardándome muy adentro la envidia y admiración que sentía en esos momentos.

Llegamos a la Facultad como a las tres de la mañana y en la improvisada asamblea nos encontramos con la noticia de que ni Laura ni sus amigas habían llegado.

A la hora de hacer las listas de quién faltaba y quién sabía algo de ellos, nos tocó decir que faltaban tres compañeras y que no sabíamos nada de ellas, pero que en ese momento nos íbamos a buscarlas. Nos levantamos y nos dirigimos a la salida; alcanzamos a oír unos tibios aplausos que nosotros sentimos más como reclamaciones.

Cuando llegamos a la casa de Laura, y como en película mexicana de los años 50 le tiramos la típica piedrita a la ventana del segundo piso, bajó y por una rendija de la puerta nos dijo que estaban bien que no nos preocupáramos y que al otro día nos explicaría. Regresamos a la Facultad después de las cinco y las reportamos como sanas y salvas. Decidimos quedarnos a dormir en las verdaderas camas de piedra de los pasillos de la Facultad para entrar temprano a la asamblea de la mañana.

Estábamos tomando un café acompañado de una torta de tamal verde cuando vimos a Laura. Aún estaba lejos pero parecía tener cara de preocupación. Tanto Andrés como el

Gancho y yo notamos que se veía guapísima desde donde la esperábamos.

—Quietos, toritos, quietos —dijo el Gancho mirándonos de reojo.

—¿Y tú qué güey, a poco tú no la estás viendo?

—Sí pero no con los ojos de ustedes —dijo sonriendo abiertamente y dirigiéndose a encontrarla.

—Sí es cierto, güey, se te está cayendo la baba.

—¿A mi, güey?

Cuando Laura nos explicó que se habían sentido tan angustiadas con la persecución de los soldados que se encontraron a unos cuates en la Alameda y aceptaron irse a tomar un tragolín —así dijo— con ellos. Además lo dijo con una parquedad y un desparpajo que nos hizo casi casi saltar.

Andrés y yo nos quitábamos la palabra para reclamarle.

—Pinche Laura, ahora sí no te mediste, qué poca madre...

—Nosotros aquí como pendejos y ustedes tranquilamente tomándose un *tragolín*, ya ni la chingan, son unas irresponsables...

—Ya, ya cállense, que todavía me deben la de la manifestación, no se hagan pendejos.

No sé si fue el desparpajo o el argumento pero nos dejó mudos. Permanecimos parados e inmóviles como si no creyéramos lo que acabábamos de oír.

—Bueno, vámonos a la asamblea porque ya va a empezar.

Héctor, ¿me das una mordida de tu torta? —dijo al tiempo que me quitaba la torta y el café y se dirigía al auditorio con una sonrisa y volteando para decirnos:

—Luego me cuentan con calma todo lo que pasó ayer.

Andrés y yo caminamos detrás de ella como pendejos mientras el Gancho, a unos cuantos metros le contaba todo al Actuario y se reían abiertamente.

Capítulo XV

La relación con Paola se volvió la razón de ser en la vida de Héctor. En las sesiones de análisis recordó una y otra vez la infinidad de detalles vividos en los pocos meses que duró lo que para Héctor fue una época decisiva; un estigma que lo marcó de manera definitiva. Después de Paola nada volvió a ser igual, aseguraba enfáticamente mientras le juraba al analista que ahí debería estar la causa, el origen de sus problemas.

Héctor sacó poco a poco al principio y con gran fluidez más adelante varias anécdotas relacionadas con Paola. Así, le contó al indiferente −según la percepción de Héctor− analista cómo las relaciones sexuales se volvieron más frecuentes y placenteras; cómo Paola le devolvía en mínimas graduaciones la confianza en él mismo. Le narró, con una intimidad que parecía innecesaria, los encuentros amorosos dentro del auto que la tía de Paola les prestaba de vez en cuando y en el que fueron descubriendo lugares adecuados para amarse sin recato por toda la ciudad. Y cómo él fue echando a perder la relación con la cantidad de veces que insistió para que ella aceptara hacer el amor en lugares inadecuados o peligrosos y a los que ella se fue adaptando de manera progresiva y sutil. Mencionó cómo la fue enredando en algo que de ser bello y agradable se transformaba con rapidez inesperada en algo complicado, enfermo y doloroso. De cómo sufría él cuando Paola empezó a faltar a las citas minimizando la situación argumentando diferentes pretextos que a Héctor cada vez se le hacían más y más difíciles de creer. Cómo fue manipulando la relación agradable y cariñosa para volverla una maraña de sexo y enfermedad; cómo poco a poco, y tal vez con toda la razón del mundo, ella fue huyendo de esas telarañas donde se mezclaba el placer, el llanto, el dolor, los recuerdos, las caricias y la enfermedad de la desesperación por poseerla de manera total.

Paola empezó a alejarse como en defensa propia. Ella notaba en Héctor una angustia incontrolable que se convertía en celos irracionales cada vez con más frecuencia. Alguna vez Paola trató de explicarle que ella era muy joven; que no entendía con claridad la urgente necesidad que él tenía de verla y de estar juntos tanto tiempo.

Ella nunca iba a entender que se había convertido en el mundo de Héctor y que sin ella él estaba dentro de un total vacío. Que la había transformado en su totalidad y en el único sentido de su existencia. Que los recuerdos dolorosos del movimiento estudiantil sólo le resultaban soportables si ella estaba junto a él. Que los dolores físicos y sicológicos que él sentía solamente desaparecían cuando ella lo acompañaba, y aunque sabía que esos dolores lo iban a acompañar por el resto de su vida, también sabía que solamente sería capaz de soportarlos si ella estaba acompañándolo.

Héctor se olvidó de todo: familia, amigos, escuela, todo. Se volvió descuidado en su arreglo y hasta dejó de visitar sus lugares preferidos en la Ciudad Universitaria. Cuando alguien de sus amigos o familiares, Andrés incluido, trataba de buscarlo, él rechazaba la invitación con cualquier pretexto y prácticamente se escondía esperando sólo el momento de encontrarse con Paola; momento que cada vez se hacía más lejano por el temor y la renuencia de ella. Sin embargo, y por alguna razón que él jamás llegó a comprender, ella seguía acudiendo a esporádicas citas, asistiendo a una de cada tres o cuatro, creándole así una desazón terrible. Él siguió inscrito en la Universidad y llegó a presentar varios exámenes en la Facultad sin tener la menor idea de lo que se trataban ni de lo que él contestaba. Llegó a conclusiones supuestamente válidas a través de conjeturas absurdas y teoremas inexistentes. Sus exámenes debieron reflejar una incipiente locura que nadie pudo o quiso detectar.

Las tardes en que Héctor y Paola llegaban a estar en paz y a disfrutar de sus caricias y sus palabras eran lo único que le quedaba como esperanza para seguir entendiendo el porqué de su existencia. Pero eran excepcionales y esporádicas. Lo acostumbrado era lo enredado, enfermizo y hasta sucio en el comportamiento de él.

La tarde en que Paola le dijo que lo más conveniente para los dos era separarse y buscar a otras personas para salir de ese núcleo enfermo, Héctor no reaccionó ni con gritos ni con llanto como ella hubiera pensado. Solamente la miró con una tristeza infinita que quizá por la juventud de Paola ella no pudo comprender. Él rechazó que lo acercara a su casa en el coche de su tía y decidió caminar solo por ese barrio cada vez más falso, pero tan reconocido como uno de los lugares con más tradición de pueblo y con atributos de romanticismo y melancolía dentro de la ciudad.

Le dijo al analista que no supo hasta qué hora caminó y meditó por las calles empedradas, donde sólo por ratos un perro bravo o un grupito de jóvenes agresivos lo sacaba de su ensimismamiento.

También le platicó que cuando regresó a su casa tomó un vaso de leche con un pan y sin contestar las preguntas que le hacían, con los ojos puestos en un lugar muy lejano a la realidad y muy cercano a la locura, se dirigió a meterse a una cama que compartía con uno de sus hermanos, y a quien no le importó empujar bruscamente. No recordó mucho a Paola. Volvió a pensar en reunir el dinero necesario para comprar un frasco de Valium 10 y tomarse todo el contenido acompañado de una cuba hecha con muchísimo ron y poco refresco de cola. Era una idea que en esa época se le presentaba más seguido de lo que él hubiera querido.

Sonrió en una forma tristísima y se quedó dormido soñando en cómo veía caer al Gancho antes de que el policía lo alcanzara y lo golpeara hasta casi matarlo. Era otro sueño recurrente.

Capítulo XVI

La respuesta del Consejo Nacional de Huelga a la brutalidad policiaca y militar que el gobierno había usado contra los estudiantes y maestros participantes en el Movimiento fue la de convocar a una manifestación silenciosa que haría el mismo recorrido de las anteriores: del Museo de Antropología al Zócalo.

Después de arduas y continuas discusiones en las asambleas por escuela y en el Consejo se había aceptado dar una muestra de civismo y madurez, cosas de las que yo no estaba muy seguro que tuviéramos así como para demostrar.

Pero resultó que el entusiasmo de Laura y sus nuevas adquisiciones era, dirían los clásicos, desbordante y contagioso. Andrés y yo veíamos dudar al Gancho y a varios de los seguros participantes.

—¿Cómo es eso de que vamos a ir caminando todo el pinche tiempo sin hablar ni entre nosotros? —decía el Gancho sin terminar de convencerse—, a mí más bien se me hace una jalada.

—Cómo jalada, pinche Gancho, va estar a todísima madre —le contestó con rapidez la güerita nueva adquisición.

Bueno, —dijo Andrés— pues a todísima madre o no tenemos que organizarnos para ir. No es cosa de que queramos ir o no. Tenemos que ir todos, e ir callados. Ya ven lo que dijo la chava ésa de Física: *si creen que no van a poder ir callados pues pónganse un espadrapo o una cinta o algo que les tape la boca*; pero de que vamos, vamos. No nos hagamos pendejos.

Era algo maravilloso: la Brigada no tenía un líder, pero en el momento necesario cualquiera tomaba ese lugar y daba instrucciones más que precisas. Algunas veces era Andrés, otras Laura, a veces yo, pero cuando se requería sin más ni más se presentaba: ahí estaba alguien tomando la palabra por todos y diciéndonos qué íbamos a hacer. Nada de hacerse pendejos.

La tarde de la manifestación silenciosa la Brigada había crecido. Ahora estábamos Laura, La Güerita, otra bióloga que se llamaba Martha y que resultó tener muchas atenciones con Andrés y apoyar todo lo que él decía, el Actuario, el Gancho, Andrés y yo.

—¿Ya viste, Gancho?, ahora si somos tres contra tres.

—Ay, pinche Héctor, pos no que muy matemático, somos cuatro contra tres; cuéntale bien.

—N'ombre, vas a ver cómo al ratito el Actuario se nos desaparece y ni modo, Gancho, vas a tener que hacer el quite con alguna.

¿Cómo que ni modo, güey?, si ya me tocó lo mejor del lote; porque la Marthita no le quita los ojos al Andrés y tú ya andas bien clavel con Laura; así que me voy a tener que sacrificar con la Güerita, ¿cómo ves?

La seguridad del Gancho al decir que yo estaba apuntado con Laura me hizo tartamudear un poco cuando le contesté:

—¿Cómo?... a poco crees que... tú no sabes bien cómo...

—No te hagas pendejo, Héctor, si bien que se les nota a ti y a Laura que se traen ganas; nomás no vayas a resultar con que a la hora de la hora te vas a echar pa atrás.

No, cabrón, ¿cómo crees?

En ese momento llegaba Andrés después de arreglar algunos problemas de los camiones que habíamos usado para ir a la manifestación.

—¿Qué, y ustedes qué? Nomás los estoy viendo que hablan y hablan pero no están organizando nada; órale, hay un chingo de cosas que hacer. ¿O no se te ha quitado el susto, Héctor?

—No —dijo Laura acercándose al grupo—, se me hace que a Héctor ya lo perdimos *forever*.

Por la mañana habíamos ido a Tlalnepantla para invitar gente a la manifestación. Llevamos cuatro camiones vacíos para que todos los que quisieran ir tuvieran cómo hacerlo.

Organizábamos mítines relámpago afuera de los mercados, las iglesias, en todos los lugares donde hubiera grupos numerosos de personas nos parábamos y desde algún templete imprevisto nos dirigíamos a ellos para pedirles que nos acompañaran a protestar por la brutalidad del gobierno y las injusticias que se cometían con ellos, con el pueblo.

Quién sabe por qué razón ese día se nos unió un maestro de *Álgebra Lineal* y nos dijo que si le dábamos chance de brigadear con nosotros. Un poco asombrados, pero con mucho gusto le dijimos que sí, que claro; aunque también de alguna manera quisimos decirle que no podíamos hacernos responsables por él, por su seguridad, lo que le dio mucha risa y nos dijo muy alegre que no nos preocupáramos.

Él fue quien me convenció de que me subiera al techo del camión para invitar a la gente que estaba afuera de un mercado, donde no se veía nada propio para subirse a hablar y empezar el mitin.

Con muchísimos trabajos me subí al camión y, como por arte de magia, al pararme en el techo y abrir los brazos me sentí convertido en *el esperado líder conductor de masas que el pueblo reclamaba con ansias.* Pero la sensación fue verdadera; y cuando se la platiqué a Andrés se rió de mí como media hora y hasta me decía *mi líder;* me arrepentí de habérselo contado pero ya no había qué hacer.

El caso fue que finalmente pude subirme camión con muchas dificultades, porque una vez puestos los pies en la ventanillas no había de dónde agarrarse para poder subir y pararse en el techo. Pero eso no fue lo más grave: faltaba la bajada.

Después de un discurso que yo consideré *toda una brillante pieza oratoria,* pero que obviamente había sido uno más de los miles de discursos que se pronunciaron durante el Movimiento, pensé por primera vez: *¿y ahora cómo me bajo?*

Comenzaron a darme instrucciones desde abajo.

—Bájate sentado; vete resbalando poco a poco.

No, ¿cómo crees?, acuéstate de panza y ve bajando los pies hasta que llegues a la ventanilla.

No, mejor brinca desde el techo, no te pasa nada.

Ya, bájate como puedas, pero ya tenemos que irnos.

Yo nada más pensaba: físicos, matemáticos, actuarios, biólogos y ¿no se les ocurre más que échate un brinco?

Me acosté boca abajo y siguiendo los consejos del maestro (algo debía saber más que nosotros) me fui resbalando poco a poco tratando de encontrar la ventanilla con mis pies. Pero al estar acostado y totalmente extendido noté que las palmas de las manos no tenían ningún asidero; el techo del camión era horriblemente liso y redondeado en las orillas, de tal manera que cada centímetro resbalado yo sentía que el cuerpo se me iba para atrás con mayor rapidez. Y así fue. Dos centímetros —según Andrés— antes de alcanzar la ventanilla con los pies me venció el peso del cuerpo y todo indicaba que iba a caer de espaldas, lo que hubiera significado una tragedia en todos los sentidos. Al ir cayendo giré el cuerpo como gato y llegué al suelo casi al mismo tiempo con los pies y con las manos. Pero eh aquí a la inevitable Física: no contenta con eso hizo que mi cara tratara de alcanzarlos y también quiso llegar al suelo acompañada de mi pecho y toda mi humanidad.

Se hizo un silencio total durante algunos segundos; sólo el tiempo que tardé en levantarme y empezar a sacudirme el polvo de la ropa. Entonces la carcajada fue espontánea y general. Hubo aplausos, gritos y exclamaciones de asombro; pero sobre todo hubo risas, muchas risas. Se me acercaban y me palmeaban la espalda y yo no entendía el porqué de tantas risas, solamente alcanzaba a murmurar:

—Cabrones...

Se acercó el maestro y me preguntó si estaba bien.

—Sí... bueno... creo que sí —le contesté mientras veía al Gancho y al Actuario que remedaban mi movimiento al caer y no paraban de reír.

Andrés y Laura se acercaron un poco más serios y entre broma y broma me preguntaron cómo estaba.

Al poco rato, de regreso en uno de los camiones, Laura se acercó a mí y dijo con seriedad:

—Fíjate que parece broma, pero es cierto que tenemos que cuidarnos entre todos. Hoy te pudo pasar una tragedia.

—Pues sí, pero ya ves, afortunadamente me salió el instinto de gato.

Laura se acercó a mí riéndose y me besó en la boca.

Yo no podía creerlo. Hasta en ese momento me percaté de cuánto había deseado que eso pasara. Nos abrazamos y sentí su piel tibia.

Además de la gente que nos acompañaba a la manifestación, de la Brigada sólo venía el Gancho en ese camión, quien cuando volteamos a verlo sonrió y cerró los ojos como quien quiere descansar.

Capítulo XVII

Las sesiones con el pedante analista (siempre medio insoportable para Héctor) continuaron en el mismo tenor. Sentía que no avanzaba porque el tema era recurrente y obsesivo. Paola siempre presente: en la salud y en la enfermedad; en la cordura y en la locura; por los siglos de los siglos.

Héctor le contó al analista que después de que ella lo había abandonado, cansada de celos, caricias toscas y enfermas, llantos repentinos y otras nimiedades, él se aisló aún más. Pasaba horas enteras caminando por los prados de algún parque solitario o, cuando se sentía con un poco más de valor, por el Camino Verde en la Universidad. Siguió asistiendo a clases y oía hablar de funciones de variable compleja como algo que lo remitía irremediablemente al dominio de Paola.

Le platicó que un día Paola y él se habían casado. De manera falsa para fines legales o sociales, pero, según él, con absoluta validez moral entre ellos. Que fue un matrimonio sin nadie más que ellos mismos. Solamente se habían jurado amor y compañía. Solamente.

Pero después de muchas vueltas reconoció algo que le pareció muy importante. No sólo durante los años posteriores al Movimiento, sino que aun en la actualidad, aunque en menor medida en esta época, el sexo le servía para ahuyentar el dolor. Había sido su gran aliado para disminuir en algo aquellos dolores interminables producidos por los recuerdos. Y más todavía cuando los recuerdos estaban frescos. En los años de Paola. De repente empezó a entender el porqué de la necesidad de amarla con ese frenesí. El porqué de ese amor violento y tosco que los arrinconaba en los lugares oscuros y solitarios. El amor vehemente y desesperado con el que agredía a Paola.

Como cataratas fluyeron los torrentes de palabras de Héctor tratando de explicar el uso y abuso del sexo como instrumento de primeros auxilios y de último recurso. Ahora, por fin, pudo darse cuenta de que la víctima había sido ella y no él. Se sintió avergonzado por los abusos hacia ella y los inútiles esfuerzos que Paola realizó para cambiar el sentido que tenía la relación. La vio débil e indefensa ante los manoseos obscenos de su cuerpo. La vio tratando desesperadamente de encontrar una razón para entender por qué él sentía placer con eso.

Vio la misma escena, pero a través de una nueva iluminación. Como si alguien hubiera girado todos los elementos involucrados y ahora él pudiera percibir de manera diáfana cuál había sido la verdad. Entendió absolutamente los argumentos de ella para romper esa relación destructiva y comprendió su deseo por huir y no querer volver a saber nunca más de él.

Casi hasta entendió como posible y justificado lo que uno de sus amigos de la preparatoria le contó sobre Paola, que él jamás quiso aceptar, acerca de que ella se había acostado con dos de sus conocidos cuando salía con Héctor como su novia o pareja o algo así.

Nunca le había querido creer a ese amigo, al que le costó mucho trabajo decidirse a contarle a Héctor lo que él decía saber. Héctor le dejó de hablar por años, y sólo después de mucho tiempo, al encontrarse en un avión que volaba hacia Chiapas, lo volvió a saludar comentando dos o tres intrascendencias. Paola ya no existía para él y todos sus conocidos sabían que lo mejor era no tocar el tema.

Salió de la sesión con cara de haber descubierto una verdad absoluta. Algo que tanto tiempo había estado frente a él y que, sin embargo, jamás pudo ver con los ojos abiertos. Ahora, con los ojos cerrados, veía con una claridad total. Recordó a Paola y vio en ella la dulzura que siempre la había acompañado y que él tanto se esforzó en destrozar a base de celos y reclamos –finalmente ahora lo veía–, hijos de la locura y el dolor.

Entendió con gusto su nueva visión del sexo como recurso de anestesia y de fuga. Comprendió las observaciones de su esposa acerca de *la exacerbación de la libido*. Y supo que, después de siglos de recriminaciones, quien tenía que disculparse era él. Estaba exultante.

Caminó hacia el bar que acostumbraba visitar al salir de la terapia con ganas de tomarse un par de tragos, cuando apenas alcanzó a oír:

–Héctor, Héctor...

Casi lo atropella un auto al cruzar la calle corriendo, con cara de locura.

Capítulo XVIII

Esas tardes del inicio de las manifestaciones en los jardines del Museo de Antropología no se me van a olvidar jamás. Tardes casi otoñales con un clima maravilloso y un sol que parecía esforzarse por seguir calentando el ambiente.

Los estudiantes, maestros, obreros, campesinos, amas de casa y trabajadores en general, llegando primero por cientos, por miles después. Algunos acompañados por sus hijos, otros con amigos, con compañeros o solos, volteando para uno y otro lado buscando al amigo, al compadre, al hermano, a la novia o simplemente viendo con una sonrisa en la cara cómo realmente nadie estaba solo. Todos estábamos juntos. Todos éramos lo mismo y el mismo. Si uno observaba con atención sólo veía caras alegres, como de complicidad. No que no hubiera preocupación. Siempre estaba el miedo merodeando. Lo inesperado se presentía más como amenaza que como promesa. Pero siempre ahí estábamos.

Cuando Laura y yo llegamos de la mano, un poco más adelante que el Gancho y las personas que venían con nosotros,

Andrés no pudo reprimir una cara de sorpresa, aunque no de disgusto. Después sonrió y caminó hacia nosotros.

—Bueno, espero que el romance no los distraiga y los apendeje.

—Hombre, como felicitación es excelente —dije.

¿Cómo ves, Andrés? Si no me le lanzo yo creo que Héctor jamás se hubiera decidido. ¿No crees?

—Sí, la verdad es que sí. Todos nos habíamos dado cuenta de cómo le gustas menos él; espero que no sea así pa todo.

Caminamos hacia el contingente de Ciencias y vimos a Eduardo cargando un palo que amarraba el extremo de una manta: *Facultad de Ciencias: Presente. No a la represión.*

Al acercarnos se dirigió a mí y dijo:

—Deténme esto, ¿si Héctor?, yo soy de los que me voy a poner cinta tapándome la boca, porque si en el camino veo a un estulto haciendo señas o un gaznápiro me dice algo no me voy a aguantar.

Nos reímos de los insultos que Eduardo siempre repetía cuando se refería a los opositores del Movimiento y sostuve la manta; noté que no era nada livianita para llevarla hasta el Zócalo, así que dije:

—¿Y qué, Eduardo, quién te va a ayudar con este lado de la manta?, porque solo no vas a poder con ella; y como que tus ejercicios para mejorar la condición física no han dado mucho resultado.

—Pues cómo quien, pues ustedes. Si la manta la hicimos en la Facultad, pero la cargada es de todos, ¿no creen?

—Sí, hombre, claro que sí.

—Oye, Eduardo, pásame cinta a mí también, yo tampoco me voy a aguantar y les voy a mentar la madre a los pinches granaderos que por ahí van a andar, se los aseguro —dijo el Gancho.

Cuando nos tocó empezar a caminar por el Paseo de la Reforma el silencio era imponente. Si alguien quería decir algo, aunque fuera en voz baja, aparecían de inmediato las recriminaciones.

—Ssshhhhhhhhh... cabrones —esto último casi como murmullo.

Laura me tomó la mano y tuve la sensación de estar vivo. Me sentí feliz de poder participar en el Movimiento y hasta llegué a pensar que lo que estábamos haciendo tendría repercusiones importantes. Reconocí ese momento como una parte de las más significativas de mi vida. Era algo que Andrés y yo comentábamos con frecuencia:

—Tal vez orita nos lleve la chingada con nuestro Movimiento, pero tengo la sensación de que estamos haciendo algo que vale la pena —le dije alguna vez a Andrés, quien más o menos me contestó así:

—Sí, claro, de que vale la pena estoy seguro —dijo— lo fundamental de todo esto es ver cuánto nos cuesta nuestra irreverencia, nuestra falta de respeto al poder feudal de estos cabrones... porque de algo sí estoy seguro, a la hora de los madrazos no se van a tocar el corazón y tú y yo ya lo sabemos y aceptamos el riesgo; pero ¿ya viste cuántos chavos vienen de las prepas?

—Sí —le dije—, pero sobre todo me preocupan los chavos de las vocacionales del Poli, ¿te has fijado cómo son de aventados?

—Sí, sí me he fijado... desgraciadamente.

Seguimos caminando por todo el Paseo de la Reforma, donde la amplitud daba la impresión de que habría una salida en caso de necesidad. Después la avenida Juárez, donde la gente parecía mucho más cercana y uno podía distinguir las caras; a veces con temor, porque eran más que obvios los rostros de los agentes mezclados con el público que apoyaba al Movimiento, o las caras ya hasta conocidas de los declarados enemigos pertenecientes al *Muro;* luego venía Cinco de Mayo, ahí donde en las otras manifestaciones el griterío de los espectadores y los que marchábamos era verdaderamente ensordecedor (parece que en este caso la mejor descripción es el lugar común) y las consignas se multiplicaban y gritábamos hasta la ronquera casi total, ahora permanecía en silencio. Ese silencio contagioso que de vez en cuando era roto por alguien del público que con valentía gritaba exigiendo la libertad de los presos políticos o el cese de la represión, y a quien nosotros volteábamos a ver con una solidaridad más que clara, más que si se la demostráramos a gritos; sólo con la mirada, con el movimiento de la cabeza asintiendo o sonriendo llenos de una complicidad que nos llenaba de placer.

Los ojos de Laura se esforzaban por expulsar las lágrimas que su razón trataba de detener a como diera lugar. Pero en ese momento los ojos de Laura eran los ojos de todos. Todos sentíamos el deseo o la necesidad de reír y llorar al mismo tiempo. De darnos la mano o de abrazarnos. Así veníamos los de la Brigada. Abrazados como si de verdad fuéramos uno solo. Así el Gancho cargando la manta de un lado y Eduardo en el otro extremo, ambos con la cinta cubriéndoles la boca pero no los ojos que en ese momento se volvían el medio más idóneo para comunicarse. Esos ojos que mostraban una alegría desbordante por ser capaces de enseñar que los estudiantes no éramos vándalos; que podíamos mostrar, cuando fuera necesario, un grado de civilidad mucho mayor que los dirigentes gubernamentales de la época, empeñados en mostrarse como lo que eran: miserables vampiros, sedientos de sangre joven y alegre.

Y de nuevo la entrada al Zócalo de la Ciudad de México.

La gloria alcanzada alrededor de los veinte años. El llegar abrazados de los amores, de los amigos, de los conocidos y hasta de los desconocidos. El hecho de llegar, en primer lugar con el gusto por haber logrado permanecer casi en silencio total durante todo el trayecto, y después por llegar sanos, indemnes, sin haber tenido que correr para huir de los policías o de los soldados. Y explotar de alegría. Abrazar a la amiga, la novia, la compañera, lo que fuera. Abrazar a Laura y llorar juntos con una alegría momentáneamente incapaz de expresarse en palabras. Apenas balbucear con el de junto:

—Pinche Andrés, que chingonería... ahora sí creo que valió la pena, ya vale madres lo que siga... ya valió la pena.

—Héctor, Héctor, no me sueltes —dijo Laura cuando nos volvimos multitud dentro de la plancha del Zócalo.

Capítulo XIX

Las sesiones posteriores se volvieron angustiantes para el entonces debilitado carácter de Héctor.

El analista, de varias maneras posibles, le insistía en revisar los momentos en que aparecía la voz que tanto lo atormentaba; los momentos y las circunstancias: si era en algún periodo determinado del día; si se presentaba cuando él pasaba por un tipo de sentimiento especial; si la oía cuando tenía o no ganas de beber; si cuando estaba alejado de su esposa o de algo que le proporcionara seguridad; en fin, trataba de cercar a la persistente voz que sólo repetía el nombre de Héctor. Aparentemente y según la descripción hecha por él, no era una voz angustiada ni suplicante, sino más bien sorpresiva y como si de alguna forma quisiera llamar su atención y sacarlo del terreno de sus elucubraciones.

Eso fue lo que entendió. El llamado se repetía y lo alejaba de algún pensamiento concreto (¿existiría tal cosa?). Cuando él lograba concentrarse en algo o cuando apenas iniciaba ese proceso de poner toda su atención en un tema en particular, la voz aparecía y, con casi un susurro, lo asustaba al grado de hacerlo olvidar todo a su alrededor.

Trató de asociar la voz, sin resultados positivos, con los llamados de su mamá cuando Héctor era un niño. Tampoco se trataba de Laura ni de Paola, aunque él quería creer que era ella quien lo llamaba. Paola. Pero no.

Finalmente una noche, en ese estado de semi conciencia entre el sueño y la vigilia, logró asociar la voz con alguien. Se sorprendió tanto que despertó a su esposa y le dijo que había descubierto algo muy importante; que bajaría a tomar un vaso de agua y al regresar se lo contaría.

Al regreso la encontró dormida y se sintió satisfecho de que así fuera. Después de beber el agua fresca su descubrimiento pareció otra locura. Pero al volver a acostarse la explicación volvió a presentarse con absoluta claridad: la voz correspondía a una mujer herida en La Plaza durante el 68.

Él la vio tirada en el piso de piedra, sangrando de la cabeza y con una fractura cerca del tobillo que dejaba ver un hueso partido y astillado.

Él no supo quién era esa mujer, pero pudo percatarse de que esa mujer eran todas las mujeres del Movimiento. Era una mujer múltiple que ahora le hablaba moviendo la boca y diciendo su nombre, pero sin que él pudiera oír algo; aunque entendía con una nitidez sorprendente que ella lo llamaba por su nombre y que en su llamado estaban todas las mujeres que él había visto en el Movimiento, pero que también era el llamado de Laura y de Paola y de su madre. Eran todas las mujeres de toda su vida, eran todas *sus* mujeres... llamándolo... esperándolo.

Capítulo XX

Durante los siguientes días seguimos asistiendo a la Facultad para cumplir con varias actividades que de algún modo ya se habían hecho algo así como una rutina: comenzábamos el día con un desayuno bastante alejado de lo ortodoxo, en la cafetería de la misma Facultad, porque los responsables de prepararlo eran variables y el resultado podía ser cualquier cosa. Consistía a veces en huevos revueltos con lo que hubiera: jamón (en pocas ocasiones), tocino, salchichas o frijoles (con bastante frecuencia); un micro vaso de jugo de naranja de caja y café, eso sí, mucho café. Luego nos íbamos a la asamblea en el auditorio para que después de muchas discusiones, en ocasiones tediosas, pero otras veces llenas de una energía que nos enriquecía tanto en lo intelectual como en nuestra capacidad para entender el Movimiento y reforzar nuestra convicción en el mismo, salir y dirigirnos a volantear y botear por un rumbo de la ciudad que decidíamos casi al azar.

Todavía recuerdo con cierta periodicidad las sufridas piezas oratorias densas y complicadas de los representantes de grupos comunistas, o aquellas otras apasionadas, cálidas, cargadas de verdad, de algún líder de Ciencias o de otro compañero cualquiera que esa mañana sentía urgencia por tomar medidas concretas y dejar para después las conceptualizaciones marxistas o de carácter muy teórico y decidir acciones concretas para el futuro.

La razón de ser de las brigadas fue su actividad febril para dar a conocer la situación por la que atravesaba el Movimiento en un momento determinado. Fue su labor de convencimiento ante la sociedad.

Las brigadas estudiantiles fueron el recurso más importante del Movimiento para llevar a cabo sus estrategias. Se esmeraron en platicar con los ciudadanos de a pie para hacerles ver que la prensa vendida (en esa época estos eran términos indisolubles) trataba a como diera lugar de engañarlos y ponerlos en contra de nosotros. De discutir hasta el cansancio con quien quisiera acerca de cualquier tema que rozara el Movimiento.

—Es que ustedes no lo alcanzan a ver, pero ustedes sólo son carne de cañón; los están manipulando... ni se imaginan —nos decía lleno de condescendencia algún burócrata de medio pelo, pero eso sí, con ínfulas de grandeza, sintiéndose secretario de estado y amplio conocedor de los entresijos de la seguridad nacional y de los hilos que mueven al mundo de la política internacional. Claro, nunca faltaba el que se le llenaba la boca hablando del *oro de Moscú*.

Por lo general, estas pláticas eran propuestas por alguien de la Brigada, aceptando un reto que con más frecuencia de la deseada nos hacían a los integrantes del grupo. Aunque en algunas de estas reuniones lográbamos convencer a los asistentes y salir muy satisfechos, en la mayoría de ellas nos trataban como a niños ingenuos y candorosos incapaces de entender la realidad nacional. Al final, después de que cada quien argumentaba sus tesis, en una discusión que casi siempre tendía a tornarse violenta, los que habían hecho el reto terminaban furiosos. En la mayor parte de las ocasiones nos insultaban y nos corrían de sus casas, casi arrebatándonos los refrescos o el café que antes tan cordialmente nos habían ofrecido. Andrés y yo conocíamos muy bien las conclusiones a las que siempre querían llegar y los caminos que usaban para dirigirse a ellas.

Cuando, desesperados en su intento por rebatir nuestros argumentos ideológicamente, atacaban a Laura con el consabido:

—Pero, cómo, tú eres mujer. Tú deberías estar en tu casa y no andar haciéndoles el juego a estos comunistas; las mujeres de México deben ser decentes y recatadas.

Ella, con una sonrisa que le cubría el rostro, les contestaba dulcemente con razones que los enfurecían más y que hacían más rápida nuestra salida, casi siempre escuchando los gritos que remataban la impotencia y provocaban nuestras carcajadas:

—El deber del estudiante es estudiar... las mujeres deben estar en su casa... no quiero volver a verlos por aquí... ustedes son unos pinches comunistas...

—Viejo, no digas groserías, te están oyendo los vecinos —alcanzábamos a oír y la risa aumentaba.

—Qué bárbara, Laura, tienes súper hecho tu numerito —decía Andrés mientras nos dirigíamos a alguna otra cita.

Antes de regresar a la Facultad siempre había alguien, a veces todos, que tenía que ir a su casa a reportarse, a decir que estaba bien o a negociar, otra vez, el permiso con los padres para seguir participando en el Movimiento y regresar a la Universidad en las primeras horas de la noche. Había que prepararse para cumplir con las actividades nocturnas. Resulta obvio decir que la solicitud de permiso era puramente protocolaria y tenía el propósito de no crear problemas familiares. Generalmente, los preocupados y a regañadientes solidarios padres accedían y también procuraban no tener fricciones con los hijos.

Eran pocos los casos, pero claro que existían, donde los padres no estaban de acuerdo con los hijos acerca del Movimiento y las discusiones generaron, más de una vez, acciones represivas y violentas entre las familias.

Los compañeros que padecían esa situación eran, tal vez, los que más tiempo pasaban en las escuelas.

En la Facultad, al igual que en todas las demás escuelas de la Universidad, hacía unas semanas que se pasaba por un clima de intranquilidad muy considerable. La entrada del ejército a Ciudad Universitaria era una preocupación constante. Algunos maestros y alumnos ya habían sido detenidos en los alrededores del Campus por la policía o por los agentes de quién sabe dónde o por militares disfrazados de policías o por policías disfrazados de militares o por grupos paramilitares financiados por la policía o por...

El caso es que constantemente llegaban a la Facultad rumores de la inminente entrada del ejército a la Universidad, a lo que responsables de la estrategia a seguir en ese caso contestaban, sobre todo la Güera, una de las líderes de Ciencias menos protagónicas pero más valientes y hasta temeraria, con toda la calma del mundo:

—¿Tú los viste, cuántos son, por dónde vienen?

—No, yo no los vi, pero un amigo le habló a mi padre y le dijo que los soldados venían para acá, que eran un chingo. Mi padre me dijo que viniera a avisarles. Pero ai vienen, seguro —contestaba el compañero quién sabe si con más convicción que miedo.

—Sube a la cafetería y tómate algo; cuando vengan los soldados lo vamos a saber; nos los va a decir quien ya los vio y ya los contó. No te preocupes, tenemos un chingo de ojos en toda la ciudad.

Esto se repetía por lo menos una vez cada noche. A veces eran dos o tres los avisos de la *llegada inminente* de los soldados.

A nosotros como una de las tantas brigadas de la Facultad, nos correspondía vigilar algunas de las entradas a la Ciudad Universitaria, ya fuera por Insurgentes, por Universidad, por Copilco, o por cualquier punto un poco más alejado. Pero generalmente nos ubicábamos en los terrenos de la Universidad donde pudiéramos ver un panorama amplio que nos dejara descubrir la eventual llegada del ejército a una buena distancia.

En esos días íbamos el Gancho, Laura y yo en el legendario Opel a vigilar alguna de esas entradas. Con el tiempo, y en una muestra de solidaridad revolucionaria, el Gancho me dijo que nos lleváramos nosotros el coche y que él se iba a ir con Andrés, el Actuario (cuando podía ir) y la compañerita nueva porque nosotros éramos muy aburridos.

Así fue como el amor entre Laura y yo pudo crecer y demostrarse prácticamente sin límites.

Al principio había cierta timidez, más de mi parte, para besarnos y acariciarnos en el coche; pero poco a poco esa timidez se fue venciendo y llegamos a entregarnos uno al otro sin remilgos. Fueron días maravillosos. Solamente fueron unos cuantos días (más bien noches) pero significaron un cambio prodigioso en mi vida. Esas noches Laura era dulce como nunca lo había demostrado durante todo el transcurrir del Movimiento. Manifestaba una capacidad de ternura no creíble en ella después de verla correr huyendo de los policías; o de mentarles la madre a los del *Muro* o de argumentar con vehemencia y casi violentamente en discusiones con periodistas nacionales y extranjeros a quienes llamaba traidores o vendidos en su cara. Laura me enseñó que existía otra manera de ver el mundo. Me enseñó el valor del sexo por amor o el amor a través del sexo. Me descubrí como hombre.

Uno de eso días, cuando apenas nos acomodábamos la ropa después de hacer el amor como a la una de la mañana, se paró un auto verde junto a nosotros y alguien nos gritó casi frente a frente:

—¿Qué esperan, por qué están todavía aquí, no saben que ya está llegando el ejercito por Copilco? Rápido, váyanse hechos la chingada; ya se están yendo todos. Apúrense.

Llegamos jadeantes a la Facultad y nos dirigimos a la cafetería donde estaba la Güera.

—Vámonos, ai vienen, nos dijeron que están entrando por Copilco, ¿qué esperan? Vámonos.

La Güera se me quedó viendo y después de darle un trago a su café me dijo:

¿Cómo es posible; tú también caes en esos jueguitos pendejos; o esta vez sí los viste entrando? ¿Tú viste a los soldados; cuántos eran?

No, no los vi, pero me dijeron... estaban súper seguros.

¿Sabes qué, Héctor?, ustedes ya llevan varias noches seguidas sin dormir. Ya conocen las reglas: si no están súper bien se los va a llevar la chingada y van a hacer que a otros también. ¿Qué les parece si se van unas noches a dormir a su casa? –después agregó sonriendo– Ustedes saben si juntos o separados, pero váyanse a dormir bien unos cuantos días. Nomás no exageren ¿De acuerdo?

–No, claro que no, cómo voy a estar de acuerdo –contesté alterado.

Se acercó Andrés que andaba por ahí cerca y me dijo:

–Sí, Héctor, tiene razón la Güera, yo creo que a todos los de la Brigada nos caería bien irnos a dormir unos días a la casa. Ya llevamos quién sabe cuántos días sin dormir bien y comiendo peor. Mejor vámonos y venimos por las mañanas a la asamblea y en la tarde volanteamos.

–Pero...

–Sí, Héctor, hay que descansar un rato –completó Laura.

Fue la primera vez que me sentí mal. No me había dado cuenta de lo que en mi casa me decían tan seguido. Me sentí débil y cansado. Exhausto.

Volteé a ver a Laura y dije:

–Sí... es cierto, estoy hasta la madre de cansado. Vámonos.

Dos días después, mi padre llegó a despertarme a la recámara que compartía con mis hermanos. Llevaba su periódico preferido –que por cierto jamás entendí por qué era precisamente ése– y me dijo:

–Héctor, mira, levántate, dice *La Prensa* que anoche el ejército tomó la Universidad.

Todavía sin acabar de despertar, casi le arrebaté el periódico a mi padre y vi las fotografías de los carros de asalto, unos dentro de los terrenos de la Ciudad Universitaria y otros bloqueando las entradas a la misma. Los soldados se veían serios pero satisfechos, como si por fin hubieran alcanzado una meta propuesta, como si hubieran obtenido un logro anhelado.

Mis ojos empezaron a traicionarme frente a mi padre y mis hermanos. Se anegaron de lágrimas sin ningún aviso. De repente las lágrimas rebosaron los ojos y rodaron sin recato por mis mejillas. No sentí necesidad de limpiarlas. Sentí el deseo vehemente de insultarlos a todos. A todos los enemigos de la Universidad y del Movimiento. Sentí rabia e impotencia al imaginarlos plenos de satisfacción. Felices de su logro. Vi a los enemigos del Movimiento pisando el Campus universitario, nuestro Campus, junto con otros pies, éstos con botas, las botas amenazantes de los soldados.

Pensé, con tristeza y rabia, en mis compañeros de la Facultad. En la Güera, en Utrilla, en Maclovio, un físico amigo de nosotros que se había sacrificado trabajando y coordinando todo desde la escuela. Pero sobre todo me acordé de las parejas y los grupos de estudiantes, que al igual que Laura y yo, habían estado haciendo guardia durante muchas noches en las entradas de la Ciudad Universitaria, esperando a que llegaran.

En las fotografías se veía cómo los iban subiendo a los camiones militares; cómo los detenidos hacían la V de la victoria con una o con las dos manos. Estaban juntos maestros, estudiantes, directores de facultades, investigadores, empleados, padres de familia que salían de una asamblea en Economía. Todos detenidos. Haciendo fila para subir a los camiones, pero tranquilos. No se les veía angustiados. Algunos hasta parecían sonrientes. Como si dijeran:

—Nos llevarán presos, pero no dejamos nuestra Universidad, nos privan de la libertad junto con ella. Así hasta gusto da que nos detengan. Nunca abandonamos nuestras escuelas.

Volví a llorar porque me dolía inmensamente no haber hecho lo mismo. No haberme quedado hasta que llegaran.

Recibirlos, sí, quizá con temor, pero con la dignidad íntegra, con la mirada limpia, sabiendo que se estaba defendiendo lo que más se quería: la Universidad y su libertad.

Les pedí que me dejaran un rato solo, antes de decidirme a hablar con los de la Brigada para ver qué íbamos a hacer.

Al poco rato entraron mi padre y mi hermano que estudiaba en una de las vocacionales del Politécnico y me palmearon la espalda. Mi padre me dijo que ya había hablado con mi hermano y que si yo aceptaba él estaba dispuesto a irse conmigo unos días a Colima, mientras se calmaban un poco las cosas.

Le contesté calmado, pero con mucha resolución.

—Si él quiere irse a Colima está bien. Yo no voy a ninguna parte. Ya hemos hablado de esto, papá. Tú conoces mi manera de pensar al respecto.

Al oír esto, mi hermano dijo que él también se quedaba. Que el Movimiento necesitaba de todos los que de alguna manera lo apoyábamos.

Mi padre nos vio, no sé si con más orgullo que preocupación y dijo en voz baja:

—Acuérdense que su mamá está enferma. No la mortifiquen de más. Cuídense mucho.

No contestamos y nos abrazamos los tres.

Capítulo XXI

Héctor le contó al analista lo sucedido esa noche con tanto detalle como pudo. Le dijo que después de que entendió de quién era la voz trató de enrollarse en las sábanas y pensó:

Esto es una pinche locura. ¿Cómo carajos se lo voy a decir al analista, a mi mujer y a quién sabe quién...?

Y también le dijo que tuvo la sensación de ver con claridad que las locuras no son para andar contándolas por ahí.

El analista pareció no sorprenderse con la historia que tanto desconcertaba a Héctor. Con mucha calma le dirigió una mirada de comprensión y le dijo:

—¿Y qué querrán decirle todas las mujeres de su vida?

Él no supo que contestar. No tenía la menor idea.

Sintió que en ese llamado podía haber muchos reclamos, pero no supo ni por qué ni acerca de qué. Así se lo dijo al analista.

Éste siguió cuestionándolo acerca de esos reclamos; acerca de la madre de Héctor; acerca de su padre; en fin, lo llevó otra vez a su niñez, donde él se sentía tan a gusto y tan desprotegido al mismo tiempo. A esa niñez que él recordaba como paradisíaca, pero que había aprendido a ver también como su pequeño y propio infierno, donde con frecuencia era atormentado y atormentaba, donde era víctima y verdugo.

Repentinamente, Héctor desconcertó al psicólogo. Comenzó a hablarle de Paola, pero insertada ésta en el movimiento estudiantil de 1968. El analista lo dejó hablar y se dio cuenta de que también hablaba de su madre situada en épocas donde ella ya había muerto. Sus relatos incluían a Paola, Laura y su madre indistintamente. Como si hablara de la misma persona y no importara el periodo al que se refiriera.

La plática de Héctor se hizo fluida hasta el momento en que se percató de un error.

—No, espérese... en ese tiempo yo no andaba con Paola, sino con Laura, y además mi madre ya había muerto. Pero, también hace un rato le dije que... a ver, déjeme ver... no, lo que le dije no está bien. No era Paola... creo que ya me hice bolas —dijo tratando de sonreír sin lograr más que una mueca que dejaba ver una cortinilla de temor cubriéndole la cara.

El analista le pidió que revisara muy bien lo que le había dicho en esa sesión. Que era muy importante. También le preguntó si estaba tomando tranquilizantes nerviosos de nuevo, a lo que él le contestó que no; que no estaba tomando ninguna medicina. Y muy extrañado le preguntó por qué le hacía esa pregunta.

—El tiempo se terminó. Continuamos el jueves. Buenas tardes y cuídese —dijo el psicólogo subrayando sutilmente la última palabra.

Sí, buenas tardes, gracias —alcanzó a musitar Héctor, todavía con el descontrol puesto en la cara.

Al salir pensó en no darle tiempo a la voz, que nunca se aparecía cuando él pensaba en ella, y se dirigió al bar de su preferencia en la zona, para aclarar su mente, según él mismo se dijo.

Ya lo esperaba su amigo Alberto, quien lo recibió bromeando:

—Ay, cabrón, parece que ahora sí viste *La Luz*, hoy sí de seguro se te apareció la verdad desnuda en plena sesión, o si no, ¿por qué traes esa cara de alucinado, a poco te metiste algo?

—No mames, güey, cuál cara de alucinado. Vengo pensando en cuántas pendejadas me pasan en ese pinche consultorio, cabrón. Hoy hasta me hice pelotas con las fechas y los nombres... no se ni que chingados me pasó.

—No juegues, güey, ¿a poco?

—Si es albur, soplas...

Héctor recordó inmediatamente a Andrés y su defensa automática ante su incapacidad para detectar si lo estaban albureando o no. Sintió un gran afecto por él.

Platicaron de las novedades en sus respectivos trabajos dentro de la misma Financiera y se rieron como siempre lo hacían, de todo y de todos. Héctor disfrutaba enormemente esos momentos con Alberto que de alguna manera y con cínica aceptación, compartía su alcoholismo y su gusto por la burla inteligente que a veces sólo ellos entendían. En eso le recordaba mucho a Andrés; él también tenía la habilidad para hablar ese lenguaje secreto que Héctor utilizaba para burlarse, en buena ley, si eso es posible, de alguien más. Esa lengua secreta que los llevaba a reírse de algo solamente compresible para ellos.

Al poco rato, y entusiasmado por los dos primeros *blodis* que con tanta sabiduría preparaba el dueño y cantinero del lugar, Héctor comenzó a contarle a Alberto algo acerca del contenido en la sesión de ese día.

Alberto lo estuvo interrumpiendo con mucha frecuencia:

—Pérate, pérate, cabrón, en ese tiempo tú todavía no conocías a Paola, güey... pérate, cabrón, cuando fuimos a Cuernavaca tu mamá ya no vivía, se me hace que ya estás bien pedo, mejor vámonos.

—No, no, cómo crees, si no llevamos más que tres... espérate... sí, sí, ya sé, pero no te estoy hablando de Paola, pon atención, güey.

Alberto, dentro de su incipiente borrachera, pero dándose cuenta de que la plática de Héctor resultaba incoherente por la confusión de fechas y personas, así como de la indiferencia de Héctor ante las correcciones continuas de esas fechas, lugares y nombres, preocupado lo miró con atención y le dijo:

—¿Sabes qué, cabrón? En serio, ya vámonos. Ya ves que yo no soy de los que la quieran cortar temprano. Pero yo creo que hoy sí mejor aquí le paramos. A lo mejor hoy sí estuvo duro tu lavado de cerebro y andas medio apendejado, pero yo creo que mejor sí te conviene irte a descansar.

—¿En serio, a poco tan jodido me ves? No mames, güey, hay que chingarnos otro *blodi*.

Cuando Héctor subió a su coche sintió que podía manejar bien y que ese día la voz no se iba a presentar.

Pensó que llegando a su casa platicaría con su esposa y le pediría que lo acompañara mientras se tomaba un whisky para dormir tranquilo.

Manejó un poco rápido pero sin mayores problemas. Llegó a su casa y estacionó el auto donde siempre. Se bajó y giró la cabeza descontrolado tratando de ver para todas partes. Se dio cuenta de que estaba en el estacionamiento de la casa donde había vivido de soltero con su familia, cuando estudiaba en la Universidad.

Capítulo XXII

Todos los de la Brigada decidimos seguir trabajando como siempre; más o menos con los mismos horarios durante el día, pero ahora haciendo un nuevo programa para la actividad o el descanso por las noches.

Los estudiantes del Politécnico invitaron a todos los universitarios a reunirse en las escuelas de Zacatenco, lo cual nos quedaba mucho más lejos, pero ahí se hacían las asambleas, aunque ahora, lógicamente, con menos asistencia que antes.

Al segundo día de ir al Politécnico estábamos comentando con un grupo de amigos de Ciencias el valor del Rector, después de que éste había dicho uno de sus discursos famosos acerca de la posición de la Rectoría respecto al Movimiento. Decíamos que este discurso iba a pasar a la memoria de la Universidad como algo digno de admirar y nos negábamos a aceptar la idea de que el Rector renunciara.

Ante la exposición de algunos puntos de vista, mucho más radicales que nuestra manera de pensar, que acusaban de tibieza al Rector, Andrés sacó unas hojas donde tenía escritas unas ideas que había expuesto el mismo Rector en su discurso:

"Sin necesidad de profundizar en la ciencia jurídica, es obvio que la autonomía ha sido violada, por habérsenos impedido realizar, al menos en parte, las funciones esenciales de la Universidad. Ello, independientemente del respeto al domicilio, en este caso los recintos universitarios, basado en el artículo 16 de la Constitución, aunque este aspecto ha sido objeto de amplios debates y se han sostenido opiniones discrepantes. Me parece importante añadir que, de las ocupaciones militares de nuestros edificios y terrenos, no recibí notificación oficial alguna, ni antes ni después de que se efectuaron."

Otro de los papeles que leía Andrés en voz no muy alta, pero sí firme, decía:

"Los problemas de los jóvenes sólo pueden resolverse por la vía de la educación, jamás por la fuerza, la violencia o la corrupción"

Ante los compañeros más exaltados, que demandaban acciones más drásticas por parte de todos nosotros, Andrés seguía argumentando:

—Espérenme, ya falta poco de lo que traigo anotado. El Rector también dijo:

"...quienes no entienden el conflicto ni han logrado solucionarlo, decidieron a toda costa señalar culpables de lo que pasa, y entre ellos me han escogido a mi"

Cuando la discusión amenazaba con aumentar de tono y empezaron algunos manoteos acompañando a los gritos, Andrés dijo:

—Espérenme, espérenme, ahora sí ya voy a terminar:

"La Universidad es todavía autónoma, al menos en las letras de su ley; pero su presupuesto se cubre en gran parte con el subsidio federal y se pueden ejercer sobre nosotros toda clase

de presiones. Por ello es insostenible mi posición como rector,
ante el enfrentamiento agresivo y abierto de un grupo guber-
namental. En estas circunstancias, ya no le puedo servir a la
Universidad, sino que resulto un obstáculo para ella."

La discusión siguió literalmente a gritos. Laura jaloneaba a un estudiante del Politécnico y le espetaba en la cara:

—Pero... carajo, ¿qué más quieren; no ven lo que está diciendo el Rector? Lo que hay que hacer es seguir...

Mientras tanto Andrés y yo éramos zarandeados, y la chava del Mercedes y su amiga, que siempre andaban por ahí, trataban de defendernos; los más exaltados nos gritaban:

—Déjense de pendejadas; vamos a partirnos la madre con ellos; ya no hay de otra, hay que buscar algo que nos sirva para ir a darles en la madre...

—Pero, ¿a quién vamos a ir a darle en la madre? —preguntaba yo con una cara de ingenuidad y angustia que se hacía cada vez más grande conforme los otros estudiantes se acercaban más a nosotros y subían el tono de voz.

En esos momentos le grité a Andrés que fuéramos por el Gancho porque éste ya iba dispuesto a enfrentarse con un estudiante de una vocacional que le había dicho *putito* o algo así.

Íbamos por él cuando oímos la voz de alarma:

—Ai vienen ya; ai viene el ejercito y la policía; son un chingo.

—¿Tú los viste; por dónde vienen?

—Sí, yo los vi; ya vienen por la avenida.

Andrés y yo les gritamos a Laura y al Gancho que corrieran, que se juntaran con nosotros. Ya reunidos comenzamos a caminar por el pasillo de una de las escuelas, con la intención de llegar al estacionamiento para subirnos al coche e irnos lo más rápido posible, cuando dos compañeras del Politécnico y un estudiante de Chapingo nos detuvieron diciéndonos:

—¿Adónde van?, tú vete con ellas —le dijeron a Laura— y ustedes vayan al salón donde están los fierros.

Nos volteamos a ver con cara de absoluto desconcierto cuando el compañero de Chapingo continuó:

—Pero, rápido, cabrones, que estamos estorbando y se van a acabar los fierros.

Casi como si estuviéramos inconscientes nos dirigimos a un salón un poco más grande que los demás. Al entrar creció nuestro asombro: en cada una de las tres esquinas que se veían desde la entrada había un pequeño cerro de patas de sillas de metal; paletas de las sillas con una parte metálica por detrás; restos de bats de beisbol; algunos desarmadores; pedazos de vidrios; botellas y objetos de lo más variado que pudieran servir como armas; yo no sabía si de defensa o de ataque, pero seguía paralizado.

—Me lleva la chingada, que rápido, cabrones, agarren algo y sálganse para dejar entrar a los que vienen atrás —continuaba el cuate de Chapingo, ahora acompañado por otro estudiante que se veía más fuerte y decidido. Éste último dijo:

—Estos cabrones han de ser de la Universidad, ¿verdad?

—Sí, pero yo no sé si están medio apendejados o se están cagando de miedo, pero no se mueven..., apúrenle, cabrones.

Ante las nada sutiles críticas simultáneamente nos salió algo así como una combinación de pánico y dignidad, y el Gancho dijo:

—Sí, cabrones, sí somos de la Universidad, y aunque nunca nos ha tocado entrarle a los madrazos pos estamos más que puestos, güey, dígannos donde nos colocamos.

Al poco rato estábamos los tres junto a otros estudiantes de la Normal, de Chapingo y del Politécnico, agazapados en un salón de clases esperando que llegaran los granaderos para salir a darnos en la madre con ellos. Por fin yo entendía con quien había que darse en la madre.

Ahí, viendo a Andrés con su chaleco gris a cuadros, al Gancho con una chamarra de mezclilla, agachados y en silencio, también viéndome junto a los demás, me sentí solo como pocas veces. La pata de una silla de metal que tenía en la mano estaba mojada por mi sudor. Y yo me sentía como si tuviera fiebre. Quizá sí tenía. No sé.

El plan era dejar llegar a los policías lo más cerca posible para salir gritando sorpresivamente y empezar a golpearlos con toda la fuerza que tuviéramos. No me parecía una estrategia maravillosa, pero no se me ocurría ninguna otra.

De repente algo me sucedió; algo que poco a poco me fui dando cuenta que también les sucedía a los otros. Empecé a perder el miedo y me fui creando mi propia estrategia. Me acerqué a Andrés y llamé al Gancho.

—Yo creo que hay que salir de aquí a como dé lugar. En cuanto se acerquen los policías salimos tirando chingadazos a diestra y siniestra y ni madres que nos quedamos a pelear. Corremos al coche hechos la chingada. Ahí nos vemos. Esperamos cerca del coche diez minutos y si no llegamos los tres pos nos vamos los que seamos... pinche Gancho tú tienes que llegar, tú traes las llaves del coche... si no llegas pos cada quien se va a la Facultad como pueda...

—Ay, pinche Héctor, ¿cuál Facultad, no ves que está tomada?

—Ah pos sí, ¿verdad?, bueno, nos vemos en mi casa. Pero vamos a tratar de llegar al coche. ¿Sale?

—Sale, güey, nos vemos en el Opel, le cai al que no llegue...

Unos pocos minutos después se oyó la voz que anunciaba las novedades:

—Ya se van; se están regresando. Ya se van los pinches policías. Ya pueden salir; se están regresando los granaderos.

No se de dónde salimos tantos. Éramos muchísimos jóvenes dizque armados con todos los objetos disponibles y listos para quién sabe qué. Pero estábamos listos.

Nos vimos todos con algún fierro en la mano y comenzaron las risas y las bromas.

—Cabrones, ya se estaban cagando...

—No vieron a los pumitas, creo que casi lloran...

—Pinches granaderos culeros, regrésense si son tan hombres...

—Pinches granaderos putos —gritó el Gancho cuando vimos que Laura se acercaba con varias de las compañeras de la Universidad.

—Cálmate, Gancho —dijo Laura— porque creo que se están regresando.

—No mames, ¿en serio; dónde?

Siguieron las risas y empezaron los abrazos, algunos besos.

Laura y yo nos besamos y me dijo:

—Tengo ganas de hacer el amor, ¿tú crees que tardaremos mucho en llegar a algún donde podamos acostarnos?

—Pos a lo mejor sí, ¿y si buscamos un lugar por aquí?

—Cómo crees, no es para tanto, mejor al rato, al rato —dijo sonriendo y se dirigió hacia donde estaban Andrés y el Gancho.

Caminé hacia ellos cuando vi que un poco más lejos me llamaba a señas el maestro de *Álgebra Lineal*, el del camión en Tlalnepantla.

Todavía con el optimismo producido por la retirada de la policía fui hacia donde estaba y lo saludé sonriente:

—¿Qué pasó, maestro, dónde andaba?

Me recibió con una seriedad incongruente con el momento de relajamiento producido por la retirada de los policías, lo que se me hizo extrañó y me desconcertó. Un poco apurado me acercó a él y me dijo:

—Por ahí, por ahí... oye, quiero hablar contigo. Son dos cosas importantes.

En primer lugar quiero decirte algo que te va a sacar de onda, pero es muy necesario que lo sepas: me dijeron que tu cuate Andrés le está pasando información a unos tipos que tienen que ver con la CIA; ¿tú sabes algo?

—No, ni madres —le contesté indignado y furioso— pero se me hace una...

—Cálmate, te dije que no te iba a gustar, pero óyeme: dicen que se ha reunido en varias ocasiones con ellos por las noches, desde antes de la toma de CU. Que por eso llegaba tarde a las rondas de vigilancia. Y parece ser que los ha seguido viendo.

—Con todo respeto, pero no mames, maestro, no se vale —me di cuenta de que le hablaba de tú y no me importó— yo de Andrés jamás creería una chingadera así...

—Bueno, nomás te lo digo. Pero fíjate: va a haber un mitin el día 27 en Tlatelolco y tu cuate no va a querer ir. Todos ellos tienen instrucciones de no ir porque a lo mejor se pone feo. Tú trata de que vaya. Organízate con los de la Brigada para que vayan. Vamos a ver qué sucede.

El otro asunto: hoy va a haber madrazos en Santo Tomás. Hay más de mil chavos y maestros que dicen que van a defender las escuelas a como dé lugar. Se habla de que algunos hasta tienen armas; puras pinches pistolitas 22, pero según mis amigos van a estar duros los chingadazos. Yo voy a ir y estoy preparado. Vengo a invitarte, pero de ninguna manera quiero que te sientas obligado. Nos vamos a ver como a las seis en Bellas Artes; si quieres ir por ahí me buscas. Si no, no hay ningún problema; pero creo que ya va a empezar la hora de las definiciones. Yo por ahí voy a estar y orita me voy a conseguir algo más para no ir así nomás a lo pendejo. Ai nos vemos.

No me dio tiempo a contestar. Los dos temas me habían sacudido. ¿Andrés, la CIA, armas, definiciones? De momento me quedé en blanco y sólo pensé en buscar a Laura e irnos a hacer el amor donde fuera.

Capítulo XXIII

Cuando Héctor le habló por teléfono a su esposa para pedirle que lo ayudara porque no sabía qué estaba haciendo afuera de la casa donde había vivido de soltero, ella lo notó muy mal; más que angustiado o temeroso lo escuchó hablar con una tristeza muy grande y sobre todo, muy desconcertado por no saber qué era lo que le sucedía.

En ese momento y antes de ir por él, ella habló con el analista y el neurólogo que ya conocía el caso. Los dos le recomendaron que fuera a recogerlo lo más pronto posible y que lo llevara a descansar a su casa. También los dos le dijeron que les hablara al día siguiente para ver cómo iba todo.

Lo encontró con lágrimas en los ojos y en la cara. Estaba sentado en la banqueta —ensuciando uno de sus mejores trajes— pensó ella. Él le platicó que hacía un rato lo habían estado acompañando algunos vecinos conocidos de muchos años atrás. Le preguntaron qué estaba haciendo por ahí; por qué estaba tan descontrolado; si quería que lo llevaran a alguna parte. Le contó que él les dijo que no sabía lo que sucedía y no quería que lo llevaran a ninguna parte. Que lo dejaran solo.

Le contó a su esposa de la desesperación que sentía por no entender nada de lo sucedido. Le platicó acerca de cómo iba creciendo su angustia porque cada vez le sucedían más hechos inexplicables. Ella lo trató con una comprensión que creyó no sólo necesaria sino indispensable en esos días. Lo llevó a su casa. Dentro ya de la recámara, le pidió que se desvistiera y se recostara en su cama. Encendió el televisor y buscó un canal donde estuvieran transmitiendo algún programa trivial, nada que lo fuera a envolver otra vez en sus pensamientos atormentados, mientras ella le preparaba un té de hierbas que lo mantuviera tranquilo.

Cuando estuvo solo, cómodo en cuanto a temperatura y ropa holgada, Héctor suspiró con fuerza; fue un suspiro donde pareció expulsar aire y recuerdos; en él iban quejas de años; remembranzas de anhelos insatisfechos; momentos vividos con Laura. La recordó hermosa. Delgada y morena; con la sonrisa cubriéndole la cara, y los ojos claros e inteligentes que explotaban de brillantes cuando ella estaba contenta o cuando le ganaba la ira.

La vio moviendo la cabeza de un lado a otro como lo hacía cuando le quería decir algo así como: *Ay, Héctor, tú de plano no tienes remedio.* O cuando se reía, emocionada y feliz, de las propuestas hechas por Héctor, supuestamente innovadoras, y que a ella le resultaban ingenuas, cuando se acostaban desnudándose con prisa.

La vio amarrándose el cabello con las dos manos con el propósito de subirse a algún techo que provisionalmente les serviría de tribuna para dirigirse a los vendedores y compradores de un mercado o a los obreros que salían agotados de una de las tantas fábricas visitadas por la Brigada.

Laura siempre presente en los momentos más difíciles del Movimiento. Laura tomándolo de la mano o abrazándolo en alguna de las marchas históricas para ellos. Ella saliendo en defensa de alguna de las ideas expuestas por uno de los miembros de la Brigada y rechazada por algún empleado de gobierno o ejecutivo mediano de cualquier empresa. Arrebatándole la palabra al compañero para exponer su verdad. Atrás de Héctor, no para protegerse, sino para apoyarlo ante la más pequeña señal de una eventual caída.

La vio desnuda en el pequeño cuarto que les prestaba un compañero estudiante de Física para que ellos pudieran disfrutar de una intimidad y una pasión que los llenaba de vitalidad y de valor, como si fuera un tónico que les diera fuerza para seguir en la lucha, en esa lucha que era su razón de ser como estudiantes y como seres humanos.

La vio junto a él en ese mismo momento en que su esposa preparaba el té y hablaba por teléfono con quién sabe cuántas personas.

La vio y la sintió tan cerca de él que pudo tocarla, sentir sus senos jóvenes y firmes que una vez más se le abrían generosos y rotundos. Vio sus labios gruesos que se le acercaban más para acariciarlo que para hablarle. Los mismos labios capaces de proferir insultos, consignas, ruegos, razones, halagos e ironías; esos mismos labios que a él secretamente, y con un pudor apasionado no acorde con su desenvoltura en el Movimiento, lo acariciaban sin reparo en todas sus partes. Que le enseñaban a acariciar, a besar, a morder, a maldecir de igual manera cuando hacían el amor o cuando protestaban contra la injusticia.

Cuando su esposa entró a la recámara, él vio que Laura se levantó de la cama que compartían con entusiasmo desde un buen rato antes. Y vio también cómo, a pesar del inmenso cariño que alguna vez se tuvieron, ella se fue alejando muy poco a poco; como si no quisiera que Héctor se diera cuenta y empezara a hacer uno de sus berrinches plenos de celos e inseguridad. Pero no fue así.

Ante la sorpresa y el desconcierto absoluto de su esposa, él comenzó a gritarle que por favor no se fuera; que por favor no lo dejara solo, por lo que más quisiera. En un solo grito le pidió que no lo abandonara; que ella ya se había escondido durante mucho tiempo; que ella ya se había ido una vez; que ésta no fuera otra despedida. Que se quedara con él. Que la necesitaba.

—Te lo suplico —le dijo en voz muy baja; algo que era apenas un susurro que se extinguía.

Y cayó en un llanto que lo desgarraba, pero no solamente a él, sino a todos aquellos que alcanzaron a oír sus gritos de desesperación llamándola, diciéndole que no lo dejara sin sus senos. Que lo acariciara con la boca. Que nunca más se le despegara; eso, que vivieran pegados, juntos, unidos el uno al otro sin que ya nadie pudiera llevársela otra vez.

La vio alejarse sin hacerle caso. Laura apenas volteó un poco la cara y movió la cabeza diciéndole:

—Ay, Héctor...

Capítulo XXIV

Cuando supe lo sucedido en el Casco de Santo Tomás, donde estudiantes, maestros y hasta algunos padres de familia habían defendido las instalaciones del Politécnico con piedras, palos, varillas, un número no muy claro de bombas molotov y según decían, hasta algunas armas de calibres pequeños, frente a los rifles, pistolas, lanza granadas, gases lacrimógenos de la policía y el ejército con su acostumbrado armamento, me sentí apesadumbrado.

No entendí ni el cómo ni el porqué de llegar a esa situación extrema. Para mí, la gran aventura de participación social en el Movimiento se reducía, en el terreno de la violencia, a discusiones fuertes, corretizas, algunos empujones y hasta escasos golpes entre grupos antagónicos; pero, ¿armas, soldados y policías disparando a los estudiantes y maestros con el propósito de quitarles la vida? Me costó mucho trabajo razonarlo con Andrés y Laura cuando lo discutimos sentados en una cafetería pretenciosa y de precios fuera de nuestro alcance donde no acostumbramos ir, pero en donde ahora nos reuníamos para despistar a los agentes e infiltrados. En ese lugar nunca llegarían a juntarse los pelafustanes participantes en el Movimiento, según les había comentado una amiga de la familia de Laura.

Discutimos acerca del comportamiento heroico e inverosímil de los compañeros del Politécnico y sus maestros. De la quema de camiones frente a los planteles y la colocación de piedras y otros objetos en la calle para que sirvieran como obstáculos e impidieran el paso de los soldados y policías a las escuelas. De las declaraciones de los detenidos, orgullosos por aparecer entre golpes y amenazas de muerte, diciendo que ellos no se habían conformado con salir de sus escuelas haciendo la V de la victoria, como sucedió en CU, sino como botín de un ejército de asaltantes hambriento de presas jóvenes para descargar en ellas su ira y su impotencia con mentadas de madre y golpes tan contundentes como excesivos.

Ante mi casi temeraria afirmación de que en la refriega habían estado algunos maestros y compañeros de la Facultad —un maestro por lo menos— había dicho, Andrés se sorprendió y me interrogó con vehemencia:

—¿Te cae, Héctor, tú sabes de alguien de la Facultad que estuvo ahí?, porque si no estás seguro es mejor que no lo andes diciendo así nomás, ¿no crees?

—Estoy seguro de lo que estoy diciendo —contesté estableciendo un diálogo que tenía una seriedad inusual en nuestra relación.

—¿Quién estuvo ahí? —me cuestionó Andrés directamente y con un interés que me desconcertó.

—No creo que sea el momento de señalar a personas sino de revisar qué fue lo que pasó ahí. ¿Qué es lo que no estamos entendiendo de todo esto?

Era notoria la desconfianza que inundaba la plática entre nosotros y Laura trató de disminuir la tensión generada.

—Más bien yo creo que debemos hacer un plan para seguir actuando como brigada y no estar buscándole chichis a las gallinas, ¿no creen?

Andrés y yo volteamos a verla y nos quedamos en silencio. De alguna manera aceptamos la tregua propuesta, pero ninguno admitía ser el primero en demostrarlo.

Retomamos la plática acerca de la toma de las escuelas de Santo Tomás de manera más calmada. Hablamos de que hubo muertos, siempre negados por todas las prensas silenciadas con dinero o con amenazas, o lo que era peor, convencidas por el aparato gubernamental de que ni había muertos ni el ejército y la policía tiraban a matar; eran mitos imaginados por los estudiantes para crear víctimas y generar agitación entre todos los ciudadanos que no se decidían a apoyar a unos o a otros. Hubo detenidos, golpeados y desaparecidos. La brutalidad y la violencia enseñaban nuevos ángulos de un rostro temible y cercano, peligrosamente cercano.

Hablamos otra vez de las actitudes heroicas de los defensores de los planteles, difundidas a través de las redes de comunicación creadas durante el Movimiento.

—Dicen que se llevaron el cadáver de un cuate que mantuvo a raya a un chingo de policías con una caja de bombas molotov que llevó, y que cuando lo agarraron estaba vivo, pero les siguió mentando la madre y tirando golpes hasta que un cabrón judicial le metió un tiro en la cabeza.

—Quién sabe cuál será la verdad, pero de que hubo una masacre ni quien lo dude, bueno ni quien lo dude cuando menos de nosotros.

—Sí, es cierto, quién sabe que fue lo que pasó, pero ojalá algún día alguien cuente la verdad de cómo estuvo todo ese desmadre.

—De lo que sí estoy seguro es de que este hecho va a pasar como uno de los momentos históricos del Movimiento.

Seguimos platicando y diseñamos los nuevos planes para la Brigada, los cuales básicamente consistían en retomar las reuniones de discusión en la casa de algún familiar o amigo que invitara a otras personas y hacer énfasis en que el Movimiento continuaba. Que aun con las escuelas tomadas por el ejército, la lucha seguía. Que en ese momento más que nunca era necesario continuar apoyando a las otras brigadas que seguían haciendo mítines y reuniones con obreros y oficinistas, a pesar de lo arriesgado que eso se había vuelto.

Sin embargo, y ante el cansancio y la insistencia de Laura y el Gancho de que parecíamos viejitos reuniéndonos a tomar el té, decidimos regresar a la calle, volantear en camiones, ir nuevamente a mercados y centros populares de reunión.

—Ahí, *where the action is* —decía Laura con una frase que utilizaba lo mismo para referirse a una buena fiesta, a un acostón repentino o a un eventual escape de los granaderos o soldados, que ahora aparecían como un nuevo e intimidante elemento en nuestro futuro.

Cuando regresábamos muy cansados de un mitin en un pueblo de Tlalpan, y ya sólo estábamos Andrés, Laura y yo, él se dirigió a mí con una seriedad que pronosticaba tormentas, quién sabe si ligeras o no, pero tormentas al fin:

—Oye, Héctor, yo creo que tú traes algo por ahí que no nos has querido decir. Desde hace días te he notado muy raro y tú no eres así. ¿Por qué no nos dices lo que pasa?

—Sí —dijo Laura—, yo estoy de acuerdo con Andrés. A ti te pasa algo y se me hace que es algo muy cabrón porque no has querido decirnos qué chingados te sucede.

—Pues sí, sí hay algo que me molesta, pero la verdad no he encontrado el momento oportuno para que lo discutamos. Pero claro que se los voy a decir. Aunque no sé si tú, Laura, debes ser parte de este desmadre.

Laura reaccionó con furia:

—Vete a la chingada. Sí debo ser parte de andar cogiendo contigo, pero a lo mejor no debo saber de estos asuntos de hombres. ¿Así es esto, Héctor?

—No, no me refiero a eso; claro que debes saberlo; sólo que no sé si sea conveniente que tú estés cuando lo discutamos.

—Pues otra vez, vete a la chingada.

—Me cai que lo voy a pensar bien, voy a ordenar mis ideas y mañana o pasado lo platicamos los tres ¿sale?

—Vete a la chingada.

Después de un momento de un silencio pesado, quise romper la tensión y aproveché para preguntarle a Andrés algo que tenía pendiente:

—Oigan, el próximo 27 va a haber un mitin en Tlatelolco, yo creo que tenemos que estar ahí, ¿no creen?

Antes de que Laura pudiera decir algo, Andrés se adelantó y dijo:

—Yo creo que sí deberíamos ir, pero yo estoy hasta la madre de cansado. Esta vez prefiero quedarme y dormir toda la pinche tarde. ¿Sí están de acuerdo?

Laura levantó los hombros en una señal que parecía indicar que por ella no había problema. Yo volteé a ver a Andrés y dije con preocupación y tristeza:

—Sale, como quieras.

Capítulo XXV

Héctor despertó otra vez en ese cuarto verde, asépti-
co, desnudo de adornos y con un olor neutro. *Huele
a nada*, pensó.

Él también se sintió casi desnudo. Tenía solamente una
bata verde, tan delgada que era prácticamente transparente.
Sintió que la bata no tenía peso. Como si no tuviera nada
puesto. Intentó cubrirse y pronunció el nombre de su esposa
en voz baja.

Ella despertó en un sillón amplio y que se veía cómodo,
pero donde pasar una noche entera no debía ser tan agradable, y le dirigió una mirada curiosa e inquisitiva. Tal parecía que con los ojos ella le preguntaba si estaba o no en sus
cabales.

Héctor repitió su nombre y le pidió que se acercara. Nuevamente, como siempre que no entendía lo que pasaba, recu-
rría a ella como su guía, como lo que siempre había significado para él: un referente de congruencia y sensatez. Ella era
quien invariablemente lo sacaba de sus dudas y lo volvía a la
realidad. Quien le aclaraba el tamaño de sus males y las con-

secuencias de los actos realizados por él, pero de los cuales en muchas ocasiones no tenía conciencia, a pesar de saber, de alguna manera, que había cometido tales actos y que éstos tendrían consecuencias.

Se sintió como si despertara de una borrachera excesiva y no recordara cómo había llegado a parar ahí, pero, al mismo tiempo, con el conocimiento intuitivo de que algo iba a estar mal; que lo hecho por él en esa inmensa laguna de alcohol tendría que haber estado mal... muy mal.

Ella comenzó por tranquilizarlo e ir contándole poco a poco todo lo sucedido. Lo hacía con tacto de terciopelo y al ritmo de un vals lento. Como la gente cree que debe hablarse con los locos.

Le recordó su desorientación y su consecuente llegada a un lugar donde él ya no vivía. De cómo lo había llevado a su casa, y de Laura. Le contó que él parecía haberla visto y haber hablado con ella en la recámara. Que no se preocupara; que se acordara que no había vuelto a saber nada de Laura durante muchos años y que seguramente si ella sabía que él estaba mal lo iría a visitar cualquier día de éstos. Además le dijo que lo llevó al hospital donde estaba el neurólogo conocido para que lo revisaran; pero que no tendría que preocuparse; que las cosas iban a mejorar.

¿Iban a mejorar?, pensó Héctor, *pues entonces sí deben estar mal.*

—Pero... ¿qué me pasó; por qué me trajiste aquí; qué me dieron que no me acuerdo de nada?

—Ya te dije... te sentiste mal y te descontrolaste un poco, pero no tienes de qué preocuparte, ya te están haciendo estudios y al rato va a venir el psiquiatra a platicar contigo.

—¿El psiquiatra... estudios... y dices que no me pasó nada? Entonces cada vez entiendo menos. ¿A qué carajos viene el psiquiatra a hablar conmigo? Oye, y por cierto, ¿ya hablaste a la Financiera? Hoy tenía que ir a una reunión con los de Planeación y Finanzas para decidir sobre el proyecto de la carretera.

—¿Ya...

—Sí, sí, ya hablé con todo el mundo y todos te mandan saludar... dicen que tú no te preocupes y que te recuperes. Tu jefe se ha portado muy bien y dice que la Financiera te va a apoyar con todo lo que se necesite. Por lo pronto descansa; si quieres duérmete un rato y después de que vengan los doctores volvemos a platicar.

—Oye, pero...

—Sí, sí, está bien, descansa un poco, duérmete.

Héctor sintió que había pasado muchísimo tiempo después de su despertar y de su falsa y supuestamente amigable charla con los médicos. Recordó haber tomado unas pastillas que le dieron al terminar la plática y le vino a la mente cómo se quedó dormido: flotando entre algo que parecían nubes verdes con olor a alcohol, cerrando los ojos casi sin querer y con una sensación de paz que hacía mucho que no sentía.

Despertó y vio su reloj: 4:12 a.m. Recordó haberle pedido a su esposa que le dejara el reloj marcando la opción de 24 horas para no confundirse entre las horas de la mañana y la noche. Para saber siquiera qué hora era, aunque no supiera con certeza dónde estaba ni qué estaba haciendo ahí.

Al despertar curiosamente se descubrió solo. Le extrañó porque casi siempre que lo hacía ahí estaba su esposa. Cuidándolo, cubriéndolo con un manto de seguridad en el frío de su innegable e incipiente locura.

Se dio cuenta de que estaba cómodo en su soledad. Necesitaba un rato con él mismo para poder aclarar muchas cosas.

Tenía que repasar todo lo dicho por su esposa respecto a lo que le estaba sucediendo. Tenía que esforzarse por entender y salir de esas tinieblas espesas en las que se dormía y en las que despertaba. Sintió la urgente necesidad de volver a la realidad y poner los pies en la tierra.

Pero repentinamente supo, con una claridad que lo asombró —*como si de repente hubiera visto La Luz*—, pensó después con burla, que si de verdad deseaba curarse de todos sus males —reales y supuestos— tendría que dejar totalmente el alcohol. Ésa era la única y auténtica solución. La idea se presentó con una fuerza tal que a Héctor le resultaba imposible soslayarla o negarla. Era un imperativo. Tendría que hacerlo sin concesiones. Sin excepciones. Para siempre.

Lloró como si sintiera que iba a perder a su mejor amigo. Se dio cuenta, por primera vez en mucho tiempo, que su mejor amigo lo estaba matando lentamente, a pesar de quererlo mucho. El alcohol y él se querían con exageración, pero esta vez tendrían que separarse para siempre.

Nunca había tomado conciencia de lo mucho que necesitaba y quería a su incondicional amigo. El alcohol eran sus amigos Alberto, Charles, Raulito, el Cabiño, Archibaldo, los José, Pancho, Praxel, Pepe Toño, los Jorges, sus cuates los aspirantes a escritores y todos los demás nombres incondicionales que invariablemente estarían dispuestos a acompañarlo en el desenfreno hasta la ignominia, siempre y cuando en ese lugar hubiera bebida y comida; mucha música, siempre la música unida al dolor de los recuerdos y a la alegría del alcohol; ah, y mujeres, muchas mujeres, de preferencia.

Volvió a llorar por todos sus amigos que se morirían al mismo tiempo que el alcohol; pero agradeció a quién sabe a quién la nitidez con la que se dio cuenta de que sus amigos, el alcohol, no sólo lo estaban volviendo loco, sino que lo estaban llevando a una muerte lenta pero segura, a donde todos sabían que iban, pero a la que ninguno quería renunciar voluntariamente.

Empezó a ver con transparencia muchos de sus errores, aunque negó con fuerza otros; se acordó de su analista *–no por casualidad–* pensó, y de cómo él, Héctor, se molestaba hasta la rabia cuando aquél le hacía darse cuenta de todo lo que le sucedía y que él con tanta fuerza negaba. Lo odió y parafraseó a alguien que no conocía: *malditos analistas, benditos sean.*

Casi se sintió recuperado. Pareció darse cuenta, de nuevo, de que su realidad no era tan desgraciada como él la describía y de que abusaba de ella usándola como pretexto para emborracharse sin límites y sin horarios, como a él le gustaba.

Percibió un atisbo de cordura en su interior, y con satisfacción, lentamente cerró los ojos.

Cuando los abrió vio a Paola cómodamente instalada en el sillón leyendo una revista. Volvió a cerrar los ojos y lloró.

Capítulo XXVI

El 30 de septiembre el ejército, después de fuertes presiones sociales, entregó finalmente las instalaciones de Ciudad Universitaria.

Con una gran alegría regresamos a las escuelas principalmente para reorganizarnos y decidir las nuevas estrategias de participación.

Ese mismo día hubo una conferencia de prensa del Consejo Nacional de Huelga en la Facultad, donde los dirigentes pusieron las cosas muy claras para quienes quisimos entenderlas.

Ya avanzada la noche, después de hacer algunas actividades dentro de la Facultad, salimos muy entusiasmados y con las baterías recargadas para reiniciar las actividades de la Brigada. Caminábamos por los prados que estaban entre Ciencias y Rectoría cuando Laura, delante de Andrés, me dijo a quemarropa:

—¿Y qué pasó, Héctor, ya vamos a hablar del tema pendiente, o te vas a seguir haciendo pendejo?

Un poco sorprendido, pero animado por las circunstancias me decidí a decirles lo que tanto me preocupaba.

—Órale, vamos al café fresita para cotorrear un rato. Pero, ¿ustedes traen dinero?

—Sí, yo traigo algo, supongo que nos alcanza —dijo Andrés.

—Yo cuando mucho traeré dos pesos, todo lo que traía lo puse para comprar la tinta para hacer los volantes —completó Laura.

—No, yo creo que con lo que traigo sí nos alcanza —insistió Andrés, también animado.

—Bueno, lo bueno es que traes el Ford 200 para no pagar camión, porque a patín está medio lejos ¿no creen?

—Pinche Héctor, eres re holgazán...

—Sí, sí es cierto...

—Por cierto, ¿dónde dejaste el coche? —dije como para romper las críticas.

En el café había un ambiente de tranquilidad un tanto ajeno a nosotros en esos días. Pero parecíamos alegres por estar juntos y hasta nos veíamos contentos.

Nos sentamos en una mesa al fondo del café, junto a una ventana grande donde podíamos ver la calle mojada por una llovizna leve, y todavía atormentada por un tránsito pesado y lento.

Cuando pedimos el consabido café Andrés le dijo a la mesera que también nos llevara dos órdenes de molletes, ante lo que Laura y yo volteamos a verlo con incredulidad.

¿Estás seguro que nos va alcanzar, Andrés? —dijo Laura más preocupada que asombrada.

—Yo no me voy a quedar como pendejo aquí mientras ustedes van por dinero, ¿eh?; ya me lo han hecho otras veces.

—No —dijo Andrés— ya me acordé que traigo más dinero; es de mi madre, pero yo creo que no habrá problema. Además ya me fijé en la cocina y creo que no son muchos los trastes que tendrían que chingarse.

¿Tendríamos, güey?

—Bueno, ¿y qué onda, Héctor; qué chingados te molesta?

—Sale: duro y directo; concretito, como dicen los del Poli —dirigí la mirada a Andrés y con mucha calma dije:

—Me dijeron que tú y otros cuates de la Facultad y de otras escuelas están pasando información del Movimiento a gente de la CIA o que trabaja como informante de la CIA.

Ante la mirada atónita de Laura y la seriedad de Andrés como respuesta a mis palabras continué:

—Como que no era fácil decirlo, ¿no creen?

—Pinche Héctor... —comenzó a decir Laura, cuando la interrumpió Andrés.

—No, espérate Laura, aunque no lo creas es un tema serio y que tenemos que discutir con mucha calma, ¿estás de acuerdo, Héctor?

—Sí, sí, claro que estoy de acuerdo, es algo muy serio. Es una acusación gravísima. Por eso, Laura, no quería que la oyeras así nada más, como si se tratara de que alguien tomó un peso del bote.

—A ver, a ver... a mí se me hace que ustedes dos quieren hacerme pendeja. Para empezar: ¿están hablando en serio?

Casi al mismo tiempo Andrés y yo contestamos:

—Sí, sí... claro que es en serio.

—Por eso no quería que estuvieras con nosotros cuando se lo dijera...

—Es que no puedo creerlo, ni de ti, Héctor, ni de ti, Andrés, parecen niños... ustedes se conocen desde hace años y son verdaderos amigos, no es posible.

—Mira, Héctor, vamos a empezar por el principio. Yo creo saber quién te dijo eso de la CIA; además, tengo una idea del por qué te lo dijeron, tú me dirás después de oírme.

—Pero, de veras, de veras, ¿no se están burlando de mí; esto es en serio? —insistía Laura, todavía desconcertada e incrédula.

—Miren —dijo Andrés— déjenme contarles todo. Si es posible no me interrumpan para tratar de ser coherente, ya saben que eso a mí no se me da muy bien y luego tengo que volver a empezar.

Desde hace más de un mes, un grupo de cuates de diferentes escuelas, no sólo de la Universidad ni siquiera de aquí del D.F. sino de todo el país, encabezados en la Facultad por Toño, el de Biología, me invitaron a una reunión para hablar de temas importantes y no obvios del Movimiento, así me dijeron, con la condición de que fuera solo. Además me pidieron que los escuchara antes de contárselo a alguien; que les diera esa oportunidad.

Me pareció interesante y acepté oírlos, también con la condición de que asistir a esa reunión no me comprometía a nada. Estuvimos de acuerdo y me citaron para el día siguiente en la casa del Ingeniero, allá por Copilco. Ahí se habló de muchas cosas, entre otras de que nos comprometíamos a que nada de lo que ahí se hablara se iba a comentar fuera. Quien no estuviera de acuerdo en tener esa discreción podía retirarse de la reunión y nadie lo molestaría. Pero quien aceptara quedarse sí se comprometía a no hablar con nadie de lo que ahí se tratara, así fuera alguien de toda su confianza.

Como se darán cuenta, estoy violando ese pacto; pero siempre he confiado en ustedes y creo que es el momento de aclarar esto y que de aquí no saldrá nada de esto.

—Pinche Andrés, no puede ser —empezó a decir Laura, pero tanto Andrés como yo le pedimos que lo dejara continuar.

Después de esa primera reunión he ido a otras —han sido como seis en total— porque me he dado cuenta de que cada vez asiste gente más comprometida con nosotros y con el Movimiento; van varios maestros y líderes de la Facultad y de otras escuelas. Yo creo que me entienden si les digo que no les puedo decir quiénes son. Uno de los temas que ahí se han tratado es informar con pruebas y detalles que, efectivamente, hay algunos estudiantes y maestros que han estado pasando información del Movimiento a gente relacionada con la embajada de los Estados Unidos, o más claramente, a gente relacionada con la CIA. ¿Hasta ahí vamos de acuerdo?

—No, ni madres —dije con violencia—, yo creo que por muy secretas que fueran las reunioncitas ésas, tendrías que habernos dicho lo que estaba sucediendo. O ¿a poco nosotros no somos de confianza?

—Ahora soy yo la que te pido que te esperes y que terminemos de oír a Andrés.

Después de dar un trago a su café, Andrés continuó en un tono medio indeciso:

—Bueno, esa fue una de las cosas que discutí. Les hablé de ustedes como gente de absoluta confianza y de participación incondicional, pero me desarmaron con su respuesta: me contaron que todos los de la Brigada habíamos sido considerados en un principio, pero que en un segundo análisis nos fueron seleccionando con más cuidado. De ti, Héctor, dijeron que eres un romántico y pecas de ingenuo. Que todo lo bueno que tienes puede estar en riesgo cuando tomas una decisión porque lo haces con las tripas, no con la razón. Eso, en pocas palabras. De ti, Laura, dijeron que eres demasiado impetuosa y, a veces, irracional; que te dejas llevar por la pasión y te olvidas de todo. Que en los dos casos era muy arriesgado invitarlos a participar. De Maclovio no me contaron nada porque está en el grupo y siempre va a las reuniones. Creo que él pertenece a otro grupo más chico que éste donde discuten otros temas, pero la verdad no lo sé con seguridad. En cuanto al Gancho dijeron que era muy joven e imprudente; del Actuario dijeron que su miedo era demasiado, pero que, al contrario de lo que tú y yo llegamos a pensar, Héctor, no era de peligro para la Brigada; en resumen, que él no servía para esto.

Aunque no lo crean nos tenían bien estudiados, dicen que porque trabajamos un chingo y teníamos buenas recomendaciones; quién sabe de quién.

—Ay, no mames, pinche Andrés, a poco ahí todos son la cordura y la razón en persona. No me digas que a la hora de las discusiones no hay gritos y sombrerazos, porque entonces esos güeyes no son humanos —argumentó Laura.

—No, precisamente ése es el riesgo. Ahí hay muchos cuates que se han colado no sé cómo. Por mucho que se hable de una selección muy cuidadosa, yo no sé, pero hay un chingo de gente que no tendría que estar ahí. También creo que por eso hay otros grupos más pequeños.

Pero déjenme decirles algo de lo que he sabido ahí, aunque no sé en la que me estoy metiendo al contarles esto.

—Ay, sí, de seguro te van a volver sapo por contarnos algo —dijo Laura en tono más de agresión que de burla.

Sin hacer caso de las ironías de Laura, a quien por cierto yo veía cada vez más enojada pero también más atractiva según iba avanzando la plática, pensé *¿impetuosa, irracional?, pues sí que se habían fijado en ella;* Andrés continuó:

—Todos nuestros datos, así como los del 90 por ciento de las otras brigadas, tanto del Poli como de la Universidad y de todas las escuelas, los tiene Gobernación.

¿Se acuerdan de tantas pinches precauciones que ha tomado la Güera para guardar y proteger el archivo, su famoso cárdex, donde están todos nuestros datos por si caemos al bote o por cualquier otra urgencia? Bueno, pues han servido para maldita la cosa porque me demostraron que conocen nuestros nombres, direcciones, teléfonos —algunos de los cuales, aunque no lo crean, están intervenidos—, el nombre de algunos de nuestros amigos. En tu caso, Héctor, tienen por separado el nombre de tu hermano, el de la vocacional, con sus propias relaciones.

—Ay, no mames, Andrés, se me hace que le estás haciendo al 007; se me hace que esos cuates te lavaron el cerebro con ese jabón dizque *Fab moteado* —seguía burlándose Laura.

—Mira, Laura, yo no te quería decir esto, pero ya me cansé de tus pinches burlas. Saben cosas de ti que yo no sabía y que tampoco sé si Héctor las sepa: tienen el nombre de tu padre, el primer marido de tu mamá; saben dónde está tu hermano el que se fue a vivir con él, pero que luego se escapó y creo que ni en tu casa saben dónde anda.

—¿Te cae, pinche Andrés?

—Si no, ¿cómo iba yo a saber todo eso?

—Ay, pinche Andrés, se me hace que ahora sí te metiste en una gruesa —dije con asombro.

—Sóplame este ojo —me contestó Andrés con gran seriedad.

—¿Qué? —dijimos Laura y yo en una sola voz.

—Así me dijo un cuate del Poli que contestara cuando no supiera si me estaban albureando. Y de hoy en adelante, pinche Héctor, cada que tú o alguien me esté albureando ya saben, me dijo el cuate que con eso me los chingaba. Así que: sóplame este ojo.

La risa de los tres fue espontánea. Se rompió la tensión y regresamos al ambiente de camaradería y desmadre que tanto nos gustaba.

La relación que nos hizo Andrés de todo lo que sucedía en esas reuniones nos dejó asombrados. Entramos a un mundo desconocido donde cada vez surgían cosas más increíbles. Le comenté con toda seriedad lo que me había dicho el maestro de *Álgebra Lineal* y me contestó con otra historia sorprendente: al parecer los que cooperaban con la CIA eran los que pertenecían al grupo donde estaba el maestro, y éste sabía que Andrés no podría ir al mitin de Tlatelolco porque esa tarde se iba a reunir con el grupo del Ingeniero.

Así seguimos de sorpresa en sorpresa para Laura y para mí. Me di cuenta de que ella ahora veía a Andrés de otra manera. Él quedó de averiguar el paradero de su hermano desaparecido.

Yo no salía de mi asombro ahora que todo encajaba bien en el rompecabezas. ¿El maestro de *Lineal* informante? No podía creerlo.

De repente, al voltear a ver a Andrés que se comía los molletes como era su costumbre —después de media hora y absolutamente fríos—, y al ver a Laura absorta en lo que nos seguía contando ya sin ninguna precaución y hasta divertido, me atreví a pensar:

¿Y si el maestro tuviera razón y Andrés y sus cuates fueran los informantes —traidores, pues— y todo lo que nos había dicho lo conseguía con la gente de la CIA; cómo saber si en verdad iba a la casa del Ingeniero y no a algún otro lugar?

Pero de manera casi automática me reproché por dudar de él y dándole una palmada en el hombro, le dije:

—No, pos discúlpame, la verdad no tenía ningún derecho para dudar de ti.

—No, Héctor, yo creo que tenías razón, a estas alturas ya no se sabe en quién podemos confiar —me contestó con una sonrisa.

Pero a mí, más que tranquilizarme, su respuesta me descontroló y nada más alcancé a sonreír con una mueca que delataba ante él las dudas que apenas nacían en mi mente.

Laura me tomó por un brazo y se recargó con ternura, diciéndome:

—¿Tú crees que el cuate de Física nos pueda dar chance a esta hora?

—Yo creo que nada perdemos con probar —contesté entusiasmado.

Andrés nos vio con una gran sonrisa en la cara y nada más movió la cabeza.

Cuando sacó el dinero para pagar me di cuenta de que traía una cantidad muy respetable para nuestros alcances y pensé que al sonreír quizá solamente se admiraba de nuestra ingenuidad.

Capítulo XXVII

Todavía con algunas lágrimas necias en los ojos, desconcertado, le preguntó:

—¿Qué estás haciendo aquí, Paola; cómo llegaste?

—Tú sabes cómo llegué, Héctor; por favor, no empieces con hipocresías.

—¿A ver, a ver, cómo está eso de que yo sé cómo llegaste?

Claro, yo estoy aquí sólo por que a ti te interesa que yo esté aquí. ¿De cuántos años me ves?

No sé, a lo mejor 18 ó 19, no estoy seguro.

A ver, Héctor, ahora párate por un momento en la realidad y dime cuántos años debo tener actualmente; bueno, no vayas a ser grosero, sólo menciona una edad aproximada, no saques cuentas.

—No sé, de verdad estoy confundido... tú debes tener unos...

—Ya, con eso es suficiente. Obviamente, no es la edad de la que me ves, ¿verdad?

—No, pero entonces...

Paola volteó a verlo con esos ojos entre tristes e inteligentes que siempre lo hacían dudar de sus juicios y sus afirmaciones. Como entonces, como desde hacía muchos años.

Él cerró los ojos tratando de que desapareciera, pero al abrirlos, ella, imperturbable, seguía allí leyendo la intrascendente revista, totalmente quitada de la pena. Tenía sus —según Héctor— maravillosas piernas delgadas y blancas cruzadas debajo de una falda corta, de mezclilla, de color azul claro. *O mejor azul cielo*, pensó.

—Héctor, ¿cuándo me vas borrar de tus recuerdos; no ves que lo de nosotros terminó ya hace muchísimo tiempo? Por favor, acuérdate: tú y yo no tenemos ya nada que ver. Yo me fui de tu vida, igual que Laura, igual que tu madre. Ya no estamos contigo. Tú siempre has sido necio e irremediablemente romántico, pero yo no tengo la culpa de eso.

Él no quería oírla. Sabía que la que estaba hablando era su fantasía y por ahora ya no tenía ganas en lo absoluto de jugar con la imaginación. Le pidió que se fuera.

—Paola, ¿puedes hacerme un gran favor?

Ella volteó y con la mirada le pidió que continuara.

—Vete. Por favor, vete. Ya no quiero que vuelvas a mi vida. Es más, lárgate —dijo gritando la última palabra.

—Héctor, yo encantada de la vida, sólo quítame de tu memoria. Sácame de tu vida. Soy yo la que ya no quiere saber nada de ti. Yo no te lo pido, te lo suplico. Déjame ir, Héctor, déjame ir para siempre, te lo ruego.

Como si respondieran a la convocatoria de la repentina locura de Héctor, llegaron los recuerdos convertidos en una bola de nieve creciente que amenazaba con arrasar la poca cordura que tenía.

Vio a Paola desnuda en el departamento de su tía. La vio mostrándole el Modigliani que él recordaría toda la vida. La vio sentarse al piano completamente desnuda y estuvo seguro de que jamás podría olvidarla. Vio sus senos pequeños, deseables, hermosos. La vio corriendo en aquel parque al que asistían con regularidad para caminar tomados de la mano, con una cursilería de la que eran conscientes y la que aceptaban orgullosos. La vio riendo a carcajadas en el pequeño auto de su tía por un cuento o alguna historia que alguno de los dos contaba. No. Simplemente no podía hacerlo. La libertad que ella exigía y suplicaba jamás podría concederla. No podría olvidarla jamás.

De manera inapropiada, totalmente fuera de lugar, recordó aquella afirmación de algún investigador enamorado de las computadoras y la inteligencia artificial que le aseguraba que las computadoras eran más inteligentes que los humanos por una única razón: ellas sí podían olvidar y borrar de su memoria todo lo que les hacía daño. Además podían programarse para no repetir los errores que cometían. *Muy al contrario de nosotros,* afirmaba el maestro.

Pensó en cuál sería la mejor manera de decírselo a Paola. Pero estuvo seguro de que ella no lo entendería de ninguna manera.

–No, Paola, no puedo dejarte ir. Tienes que permanecer aquí. Siempre conmigo.

Pero, Héctor, ¿no ves que así no puedo crecer? No es posible que siempre sea la misma.

Cerró los ojos en ese mecanismo de defensa tan frecuente en él. Como siempre, con el deseo de que al abrirlos las cosas fueran diferentes solamente porque él así lo quería.

–De veras, Paola, no puedo dejarte ir. De verdad lo siento.

—Bueno, pues ni modo. Yo no quería llegar a esto porque te conozco muy bien y sé que vas a hacer todo un drama. Pero no me dejas alternativa. Me voy, Héctor, y esta vez es para siempre. Jamás vas a volver a verme. Yo no quería lastimarte porque sé que estás enfermo. Te quedan pocos días en los que podrás gozar de una mediana cordura. Ah, por cierto, ya tampoco podrás oírme junto con las otras mujeres de tu vida cuando te llamábamos para detenerte; cuando caminabas rumbo a un precipicio, aunque éstos a veces fueran nada más imaginados por ti. Ahora, aunque nos invoques ya no estaremos ahí. De verdad, Héctor, alguna vez te quise. Y te quise mucho; más de lo que tú pudiste creer. Pero, como muchísimas cosas en tu vida, tú lo destruiste. Tú destrozaste el cariño que alguna vez te tuve. Tú siempre has roto todo lo que amas.

—Adiós, Héctor.

Permaneció en silencio sólo los segundos que tardó en Paola en dejar el cuarto del hospital. Un instante después un grito lastimoso se escuchó en todo el piso donde estaba Héctor y quizás en muchos otros pisos.

Fue un *noooooooo* largo e histérico, lleno de dramatismo. Corrió a la puerta y vio venir a su esposa apresurada y con la angustia cubriéndole el rostro. Le pidió que la detuvieran; que no la dejaran ir.

—Deténganla por favor. Es ella, la que lleva el suéter amarillito y la falda azul; por favor, díganle que no se vaya.

Un poco más lejos alcanzó a ver a Paola que volteó a verlo como diciendo:

—Ay, Héctor...

Capítulo XXVIII

El día dos de octubre hablé por teléfono con Laura y Andrés para ponernos de acuerdo en cómo nos íbamos a ir al mitin de ese día en la tarde. Con el Gancho ya había platicado, y como él iba a llevar el Opel nos iríamos juntos desde la Portales.

Laura me pidió que pasáramos por ella a Coyoacán porque iba a visitar a una tía durante toda la mañana. Creo que la visita tenía algo que ver con su hermano desaparecido.

Pero mi sorpresa fue cuando hablé con Andrés. De manera imprevista, puesto que ya habíamos hecho planes para ir a Tlatelolco ese día, me dijo que tampoco asistiría esa tarde porque repentinamente le habían avisado que tendría reunión con el grupo del Ingeniero; todavía me acuerdo que así lo mencionó.

Cuando lo platiqué con Laura, a la hora que pasamos por ella, me dijo que no le diera tanta importancia, que probablemente Andrés de ahora en adelante estaría más interesado en las reuniones de ese grupo que en las actividades de la Brigada.

Pensé que tal vez tendría razón, a lo mejor yo me estaba preocupando demasiado por lo que sucedía con Andrés.

Íbamos de buen humor; cansados de días, con una notoria falta de sueño a cuestas y como siempre Laura y yo con poco dinero. La cuestión del dinero con el Gancho era algo misterioso. Parecía darle vergüenza hablar del tema con nosotros; yo no sabía si era porque tenía muy poco dinero o quizá tenía más que suficiente pero no le gustaba demostrarlo. Nunca me quedó claro. Él siempre cooperaba con lo estrictamente necesario sin comentar nada. Cuando le preguntábamos si traía dinero nos respondía invariablemente con algo así como:

—¿Para qué se necesita, cuánto falta?

Cuando llegamos a la zona de La Plaza de las Tres Culturas por la continuación de la calle de San Juan de Letrán, y a pesar de estar más que acostumbrados a la presencia continua, molesta y cercana de la policía y los soldados, nos quedamos sorprendidos de la gran cantidad que había de estos últimos, así como de las innumerables tanquetas y otros artefactos militares dispuestos por toda el área donde se iba a celebrar el mitin.

Los tres permanecimos mudos durante un buen rato. No sabíamos si bromear al respecto o decir claramente que tantos soldados nos daban un miedo terrible y que solamente hacíamos chistes para tratar de esconderlo, pero con una cara donde cualquier observador medianamente perspicaz hubiera descubierto con facilidad el terror.

Cuando logramos encontrar un lugar para dejar el Opel nos hicimos las recomendaciones de costumbre como si fuera la primera vez que salíamos juntos:

—Fíjense bien dónde quedó el coche; cualquier cosa que pase, aquí nos vemos. Vamos a fijar el tiempo de espera en 15 minutos después de que llegue el primero, ¿sale?

—Sí, aunque a lo mejor hoy deberíamos pensar en un poco más de tiempo; a mí se me hace que la cosa se ve de la chingada.

—Ya, hombre, parece que hubieran visto al diablo. No va a pasar nada. Nos vamos a regresar juntos a la Facultad para ponernos de acuerdo con los demás para mañana —dijo Laura con convicción.

—Pos eso dile a Héctor que parece que anda en otro mundo, ¿no crees?

—Sí, sí es cierto, Héctor, ¿qué te pasa; estás asustado por cómo se te queda viendo aquel soldado?, a mi más bien se me hace que ya le gustaste.

Mientras seguíamos caminando por La Plaza rumbo a la explanada que da al Edificio Chihuahua yo les contesté un poco confundido por la situación del momento y otro poco por lo que había sucedido en mi casa antes de salir:

—No, no, no es nada de eso. Lo que pasa es que mi hermana insistía mucho en venir y mi madre no la dejaba si yo no me hacía responsable de ella. Yo les dije que cada vez se habla más de la pinche represión y que no podía hacerme cargo de su seguridad, pero mi hermana se enojó muchísimo conmigo y me dijo que yo no era congruente con lo que decía de ayudar al Movimiento con participación en mítines y otras actividades.

Ya ven que mi padre le pidió a mi hermano el de la Vocacional que se fuera a Colima unos días mientras todo esto se calmaba un poco. Ella no quiso irse y como algunas de sus compañeras de Trabajo Social andan bien metidas en el Movimiento, pues ella tiene toda la razón en querer venir.

Pero la verdad a mí se me hizo difícil andar cuidándola o dejar que se fuera con sus amigas, aunque yo no supiera dónde iba a estar.

Me dejaron seguir hablando, y a pesar de que Laura me decía que mi hermana tenía razón y que yo me estaba portando injustamente con ella, a mí me pareció que cada quien iba en su mundo, como arreglando algunas cosas pendientes. El silencio entre nosotros era muy incómodo y tratábamos de hablar sin detenernos.

Como si nos hubiéramos puesto de acuerdo, en un momento preciso, Laura y yo nos abrazamos y nos besamos con deseo, con fuerza. El Gancho volteó a vernos y nos dijo con su siempre fingida seriedad:

—Si quieren los dejo para que se acuesten por aquí, al cabo que casi nadie los ve.

—No, pinche Gancho, no es pa tanto, nomás nos estamos quitando los nervios —le contestó Laura sonriente.

Al parecer ese detalle insignificante, ese juego inocente, hizo que nos relajáramos y empezáramos a bromear. El Gancho se refirió a Andrés diciendo que no sabía si había faltado por miedo o por flojera.

¿A poco no se han fijado que ha andado re güevon? Anda como medio desvelado, o más bien medio apendejado, ¿no creen?

Nos reímos y empezamos a darnos ánimos.

—¿Ya vieron? Hay un chingo de periodistas extranjeros. Para mí que estando tan cerca las Olimpiadas y con tanta gente de otros países observando todo, el pinche gobierno no se va a atrever a hacernos una chingadera.

—Mira, creo que ésa es la periodista italiana que es muy chingona... dicen que tiene unos güevotes... que ha estado en guerras y en no sé cuántas chingaderas; pero está medio fea, ¿no? —dijo el Gancho muy entusiasmado.

Además nos dimos cuenta con alegría de que entre los asistentes había gente de todo tipo: predominaban los estudiantes, claro, pero se veían maestros, obreros, campesinos, oficinistas, secretarias, amas de casa, niños, vendedores, boleros y algunas otras personas no fáciles de identificar con su ocupación; por ahí andaban hasta policías vestidos de civil, tratando inútilmente de que no se les reconociera. Pero se notaba el ambiente festivo, aunque no tan intenso como en otras ocasiones, de los mítines que se hicieron durante el Movimiento.

—Sí es cierto, no van a hacer nada. Hay muchas señoras y niños. Se me hace que ya andamos súper paranoicos.

—¿Ya vieron arriba, allá en balcón? Están varios del Consejo. Sí, desde aquí alcanzo a ver a Pablo —dijo Laura señalando la parte media del Edificio Chihuahua.

—Pinche Pablo. Es el que te gusta, ¿verdad, Laura?

Laura fingió darle un golpe al Gancho y le dijo:

—Pinche Gancho, yo nunca dije que me gustaba, dije que era simpático.

—O sea que sí te gusta... —continuó el Gancho.

Los interrumpí con cualquier pretexto porque noté a Laura un tanto incómoda:

—Miren, allá hasta adelante hay lugar, vámonos para allá. Es más, creo que por ahí andan unos cuates de la Facultad.

—Sí, cómo no, tú también hazte pendejo.

Entre bromas nos dirigimos hacia el frente del edificio, colocándonos donde casi terminaba la explanada y había un borde como de un metro y medio de altura.

Al poco rato empezaron a hablar los oradores de la reunión e hicieron una aclaración que a muchos nos llenó de tranquilidad: la marcha programada de La Plaza hacia el Casco de Santo Tomás al terminar el mitin se suspendía por las condiciones imperantes.

Dentro de la multitud todavía se alcanzaron a escuchar algunas bromas que trataban de ocultar nuestras preocupaciones.

—El miedo no anda en burro... ¿verdad, cabrones?

—No le saquen... los pinches soldaditos son de plomo, ni se mueven.

Continuaron algunos discursos y me aparecieron las frecuentes e incómodas ganas de ir a orinar. Laura me abrazaba por la cintura mientras yo pasaba un brazo por sus hombros. De vez en cuando aplaudíamos o nos besábamos.

Yo creo que habría pasado como media hora, cuando mucho, de haber iniciado el mitin cuando le dije a Laura:

—Voy al baño. No me tardo.

—Ay, Héctor, tú y tu pinche vejiguita.

—No es mi vejiguita, voy a tirar el miedo.

Algunos de los asistentes vecinos se rieron sin disimulo.

Los baños estaban en la parte trasera del edificio. Eran un tanto oscuros y húmedos. No resultaban muy agradables, pero en ese momento pensé que cumplían con su función.

Tenía una sensación extraña cuando entré al baño; pero casi al momento de salir pensé que, cuando menos yo, seguía con eso de la paranoia. Sin embargo, no acababa de dar tres pasos fuera del baño cuando un hombre bajo de estatura, más bien gordo y fuerte se me acercó y me tomó del brazo derecho. Casi al oído me dijo:

—No hagas escándalo —y apretando el brazo con lo que yo sentí era una garra, continuó— estás detenido.

Camina conmigo hacia allá —esto lo dijo señalando con la mirada una pistola que se asomaba entre su chamarra y el pantalón.

Me quedé tan sorprendido y asustado de momento que no dije nada y caminé con él en dirección a un pequeño cuarto enfrente de los baños. Era algo así como un cuarto donde se guardaban los útiles para hacer el aseo. Pensé que el hombre estaba loco. Que si yo gritaba, afuera se darían cuenta cientos o miles de personas y que me rescatarían y a él tal vez lo lincharan.

Sin embargó, y como adivinando mis intenciones y acercando su mano libre a donde estaba la pistola volvió a decirme:

—No vayas a hacer una pendejada porque en este momento te mueres. Te estoy hablando en serio, cabrón.

Traté de voltear para verle la cara pero apretando más el brazo con un movimiento estudiado me lo impidió y me obligó a entrar en el pequeño cuarto al que le faltaba luz, pero donde alcancé a distinguir a otro estudiante que llevaba un suéter rojo y a quien supuse también detenido.

—Si hablan se los va a llevar la chingada. Quédense quietos y en silencio. Si gritan se mueren, cabrones —dijo con una seguridad que nos hizo quedarnos callados.

En el cuarto había alguien más pero se escondía en la oscuridad. Nunca supe de quién se trataba.

Se me acercó el otro compañero y me dijo en voz baja, siguiendo las recomendaciones que nos hacían en las brigadas:

—Soy de Ingeniería. Hay que cambiar nombres, direcciones y teléfonos por si se llega a ofrecer.

Sacó un papel y lo partió en dos pedazos, ofreciéndome uno. Yo todavía no salía de mi asombro. No sabía lo que estaba pasando y apenas empezaba a reaccionar.

–Sí –le dije como si apenas despertara–, yo soy de Ciencias y me llamo Héctor; aquí te anoto mis datos.

Intercambiamos los papeles y me acerqué a la puerta del cuarto que estaba medio abierta. A unos pasos de ahí estaba el hombre que me había detenido dándome la espalda. Hablaba con otro dándole instrucciones en voz baja y ayudado por algunas señas.

Apenas me regresaba para hablar con el cuate de Ingeniería cuando los dos nos quedamos paralizados al oír algo así como un murmullo gigantesco. Un gigantesco *ah* de asombro que pareció avisarnos que algo nada bueno se acercaba.

Unos segundos después empezamos a escuchar muchos gritos y exclamaciones de terror, como si sucediera algo terrible.

Me regresé a la puerta y vi que el hombre robusto terminaba de ponerse un guante blanco en la mano izquierda y con la derecha sostenía el arma con la que me amenazara hacía unos momentos. Alzó el brazo derecho y vi que ese brazo terminaba en una pistola. Jamás supe el calibre o algo así, pero vi que se trataba de un arma que parecía ser la más grande que yo había visto en mi vida. La mano izquierda, enfundada en el guante blanco la llevaba a la altura de la cara, pero extendida hacia el frente. Como identificándose.

En ese momento empezó un ruido constante y enloquecedor de disparos que supuse de diferentes armas por sus sonidos desiguales. Un ruido que ya no desapareció en mucho tiempo en La Plaza y que en mí ha perdurado de manera constante e imborrable, aunque se presente sólo de manera aleatoria, pero eso sí, fatal.

Con una señal de la cabeza le dije al cuate de Ingeniería que se acercara a la puerta. Llegó y vimos que el hombre se dirigía con rapidez hacia la bajada de la explanada, por donde nosotros habíamos caminado para ir al baño.

Intercambiando una señal silenciosa decidimos salir. Nos despedimos dándonos la mano y algo que intentó ser un abrazo. Traté de ver hacia donde supuse estaba la otra persona del cuarto pero ya no distinguí nada, ni su sombra. Afuera los gritos habían aumentado de manera alarmante y vimos que la gente huía despavorida por la bajada de la explanada casi atropellando al hombre del guante blanco que los enfrentaba disparando a su antojo, como si eligiera a quién quería matar. Al voltear tratando de entender qué sucedía noté aterrorizado que había otros hombres como él; otros muchos guantes blancos seleccionando a sus víctimas.

Las personas que lograban esquivarlos corrían, poseídas por el terror, hacia las calles que daban al norte de La Plaza, particularmente hacia la calle de Manuel González, para de ahí perderse entre las casas de la colonia vecina a la Unidad Habitacional de Tlatelolco.

También nosotros nos dirigimos hacia la misma calle a la máxima velocidad que permitían las piernas. Pasamos atrás del hombre robusto y apenas alcancé a verlo disparando con un frenesí macabro.

Segundos después escuché unos zumbidos rozándome la cabeza. Al voltear vi la cara del hombre del guante blanco de manera absoluta. Un rostro de rasgos indígenas. Un rostro redondo, rotundo y feo que ya jamás se iba a separar de mi memoria.

Vi al hombre robusto en su totalidad. Tenía las piernas abiertas como si de esa manera se apoyara mejor. Tenía el brazo derecho extendido hacia arriba con la pistola humeante en la mano. Y el brazo izquierdo extendido y rígido hacia abajo, haciendo un ángulo no muy grande con su pierna izquierda.

Fueron unos cuantos instantes que me parecieron una eternidad, porque entre los dos estaba en el suelo el compañero del suéter rojo, tomándose una pierna con las manos y gritándome desesperado:

—Vete, corre, vete para que avises. Corre.

En tanto el hombre no dejaba de verme y, sin variar su posición de piernas abiertas, me gritó:

—Te me escapaste porque se me acabaron las balas, hijo de la chingada, pero espérate tantito y vas a ver cómo te parto la madre, pinche comunista.

El instante pareció durar siglos. Quería correr hacia el cuate del suéter rojo y ayudarlo a levantarse para huir juntos; pero el hombre robusto del rostro redondo no me quitaba la vista y ya empezaba a prepararse para cargar de nuevo su —no sé si en mi imaginación— descomunal arma.

Huí con desesperación hacia la salida que todos tomaban, pero unos cuantos pasos después pensé:

Pero que estúpido soy. ¿Y Laura? ¿Y el Gancho?

Todavía en los terrenos de la Unidad, apenas unos cuantos pasos afuera de La Plaza me detuve y casi me arrollan los que venían detrás de mí.

En una actitud de inconsciencia total me regresé para ver si podía encontrar a Laura y el Gancho.

Al acercarme a La Plaza los ojos se me llenaron de terror, dolor, asombro e incredulidad. Me coloqué exactamente atrás de un pelotón de soldados que, por órdenes de un joven subteniente que los dirigía, dejaban pasar a la gente entre las bayonetas de sus rifles que, esos sí, apuntaban hacia ellos. No podía creerles a mis ojos. La gente veía ese punto de escape y corría hacia él. El espacio entre los soldados sería apenas de unos 50 centímetros y por ahí huían, algunos rasgándose la ropa entre las bayonetas. Con los empujones, otros, al cruzar, se cortaban la piel con las mismas bayonetas y salían agarrando sus partes heridas. El subteniente ordenaba constantemente a gritos:

–No disparen. No se muevan. No disparen.

La gente estaba acorralada: atrás, los soldados; enfrente los malditos guantes blancos; y de los edificios Chihuahua y otros salían disparos hacia La Plaza.

Los soldados y yo veíamos caer gente herida. Gente muerta. Niños, mujeres, jóvenes, hombres. El ruido permanente y mortal se negaba a disminuir. Un señor que casi alcanzaba a salir entre los soldados se vino abajo de repente frente a nosotros. De una bolsa de su saco viejo salió una caja con medicinas y junto con el hombre rodó por el suelo. Cerca de ahí se veía un pan blanco, un bolillo, quizás tirado y abandonado por alguien en su frenético escape.

Vi una mujer en el suelo. Estaba sangrando de la cabeza y tenía una fractura cerca del tobillo que mostraba un hueso roto y astillado. Creo que me gritaba algo. Yo no podía oírla.

Había muchas compañeras estudiantes que gritaban desesperadas; e, increíblemente, había estudiantes, hombres y mujeres, que trataban de imponer el orden y conservar la calma.

Pude ver las escenas más espeluznantes de mi vida. Caras y gritos que me han perseguido desde entonces y que yo sé que jamás me van a abandonar. Son mis compañeras y compañeros de vida.

No sé cuánto tiempo estuve ahí parado. Tampoco sé si segundos o minutos después pasó junto a mí una compañera estudiante. Cuando me vio me preguntó asombrada:

—¿Qué estás haciendo aquí? Vámonos, te van a matar. Córrele. Corre y no te pares. ¿No me oyes? Corre —esto último lo dijo dándome un manotazo en la cara.

En ese instante y con ese golpe desperté de mi inconsciencia y comencé a correr como desesperado. Corrí como loco hacia ningún lado. Hacia donde iban todos. Hacia quién sabe dónde.

Pensé en Laura y el Gancho y volteé por última vez para ver —de ese tamaño era mi locura— si los podía encontrar.

Noté que algo húmedo recorría mi cara y pensé con extrañeza: qué raro, parece como si hubiera llorado. Seguí corriendo por una de las calles perpendiculares a la calle de Manuel González y no dejaba de pensar en Laura y el Gancho; me di cuenta de lo absurdo que resultaba en ese momento nuestra estrategia del punto de reunión. Intentar dirigirme a él era, literalmente, un suicidio.

De repente vi cómo se caían algunos de los compañeros que al igual que yo corrían llenos de terror, y escuché un tableteo que venía del cielo. Pensé que se trataba de las aspas de los helicópteros que sobrevolaban La Plaza y me detuve un momento mirando hacia arriba para ver qué sucedía.

—Córrele, cabrón, nos están disparando desde los helicópteros —me gritó un estudiante que pasó junto a mí, al tiempo que me sacudió tomándome de un brazo.

Seguí corriendo pero no creí lo que me decía el compañero que ya se me había adelantado. Insistí en mirar a algunas personas que caían en la banqueta o en el arroyo y les gritaba desesperado:

—Fíjense por dónde corren; levántense, los van a alcanzar.

Vi venir un camión, de esos que se les decía de segunda, con una trompa en la parte del frente, le hice la parada y casi me subí al vuelo porque el chofer apenas bajó un poco la velocidad. Entré al camión sin pagar mi boleto y nadie me dijo nada. Caminé hacia la parte de atrás en medio de las dos filas de personas que iban paradas.

Todos me veían de una manera extraña.

Alguien preguntó:

—¿Qué pasó, joven, por qué hay tanto escándalo?

—¿Y ésos, son balazos?

—Han de ser los estudiantes revoltosos con sus desmadres —explicó alguien más.

—No sé, no sé —y es que en realidad no sabía qué pasaba; no me había dado cuenta.

Me bajé unas cuantas paradas más adelante porque reconocí las calles de la colonia Industrial, donde viví varios años de mi niñez. Me di cuenta de que no traía ni cinco centavos; los últimos dos pesos los deposité en un bote que nos acercaron unos de los cientos de compañeros que recolectaban dinero en las reuniones todavía haciendo trabajo de brigada. Yo confiaba en que nos regresaríamos en el Opel del Gancho. Fui a la tienda de la esquina de la casa donde viví y después de escuchar que el antiguo dueño había muerto o se había ido a quién sabe dónde, conseguí que el encargado, con cara de absoluto extrañamiento, me regalara veinte centavos para hacer una llamada en el teléfono público.

Hablé a mi casa. Me contestó mi hermana y le pedí que les dijera a mis padres que la policía había disuelto el mitin; que no se creyeran todo lo que dijera la televisión; que yo estaba bien y que en un rato más llegaría. Ella me hacía muchas preguntas, pero yo hablaba solo.

Seguía en el limbo. No me daba cuenta de lo que había sucedido. No lograba asimilar las imágenes recién observadas: la sangre, los heridos, los niños llorando, las madres desesperadas, los soldados, los hombres del guante blanco, los gritos, el hombre de guante blanco increpándome, más soldados, las bayonetas, las bayonetas, los disparos, los disparos, las explosiones, más gritos, los jóvenes corriendo y cayéndose, los muertos.

Ahí fue cuando reaccioné. Con los muertos.

Volví a pensar en Laura y el Gancho. En mi amigo Plinio, de Ingeniería, igual que el del suéter rojo, un cuate muy comprometido con el Movimiento y partidario de acciones mucho más enérgicas, me decía. Con él había quedado de verme en el mitin, cosa que no logramos por cuestión de minutos. No me acuerdo quién de los dos llegó tarde. También pensé en mi hermana que tanto se enojó porque no quise que fuera conmigo al mitin y mi madre le negó el permiso para ir sola. Y en los muertos. Porque en ese momento sí me di cuenta de los muertos. Era verdad. Era real. Sí los había visto caer y sí estaban muertos. Y en los soldados.

Me dirigí hacia Insurgentes Norte, en ese tiempo una avenida despoblada y sucia, y tomé un camión que pagué con un peso que me regaló un señor cuando le conté a medias lo sucedido. Iba con la idea de cruzar Tlatelolco por el Puente de Nonoalco y de ahí irme hacia Portales, que era donde vivía.

Antes de llegar al puente, unos jóvenes de quién sabe qué corriente política detuvieron el camión; nos bajaron y nos dijeron que lo iban a quemar para vengarse de lo que estaban haciendo la policía y los soldados con los estudiantes.

Otra vez me sentí a media calle con dinero sólo para un pasaje más y sin forma de cruzar Tlatelolco, porque todos los camiones eran tomados, detenidos o quemados. Me sentía tan extraño que lo único que se me ocurrió fue dirigirme a una tiendita y pedir un refresco. Me lo tomé y otra vez sentí la cara húmeda.

Me paré en una esquina donde estaba un semáforo y me dediqué a pedir ayuda a los conductores para cruzar hacia el Sur porque hacerlo a pie era muy arriesgado por la policía, los soldados y los mismos jóvenes enfurecidos.

Después de varios intentos de pedir aventón, en los que obtuve como respuestas negativas amables, indiferencia y hasta algunos insultos llenos de furia, por fin un hombre joven en una camionetita de esas que creo que se llamaban Brasilia, me dijo que me subiera; me pidió que me acostara en el piso de la parte trasera; que no hiciera ruido y no me moviera. Me aclaró que solamente me llevaría un poco más adelante por Insurgentes para alejarme, pero que si lo detenían, él no podría hacer nada por mí. Me insistía en que no me moviera, que la cosa estaba de la chingada. Me aclaró que era maestro de educación física y que apoyaba al movimiento, pero que en esos momentos más valía no decir nada.

Me bajé o el maestro me bajó en la esquina de Insurgentes y Puente de Alvarado, cerca de donde estaba el viejo PRI. Se hizo de noche sin que me diera cuenta. Aunque recordé las llamas del camión ardiendo y pensé que ya brillaban en la noche también joven. Caminé hacia la Alameda Central hablando solo. Bueno, al pasar alguien yo le decía que le iba a contar lo que estaba pasando, pero se alejaban de mí como si estuviera loco y fuera peligroso. Yo seguía hablando. Hable y hable. De vez en cuando me limpiaba toda la humedad que traía en la cara; quién sabe de dónde salía tanta agua.

Al llegar a la esquina de la Avenida Juárez y San Juan de Letrán me acerqué a un agente de tránsito para pedirle 50 centavos —un tostón— para mi pasaje, pero me dijo que todavía no le pagaban o algo así; cuando le pedí a un señor con traje, éste me contestó muy indignado:

—Pinche vago, ponte a trabajar.

Decidí, sin pensarlo, como verdadero autómata, ir a tomar el camión y subirme sin pagar. Subí y me pasé sin explicar nada. El chofer quiso decirme algo, pero un señor que iba sentado junto a él le hizo una seña o alguna cosa le dijo, el hecho fue que yo caminé, nuevamente, hacia la parte de atrás en medio de los otros pasajeros.

—¿Qué le pasa, joven, por qué llora?

Ahí exploté. Comencé a gritar y a llorar totalmente descontrolado.

—Están matando a los jóvenes de México y nadie hace nada; aquí a unas cuantas calles los soldados están matando a muchos, muchísimos estudiantes, a los trabajadores, a las mujeres, a los niños, de verdad... es verdad, los están matando a todos... es verdad, yo lo vi, yo vengo de allá...

Un señor con una cara muy triste me dijo que me sentara en su lugar y que descansara; que ya no me preocupara, que todo se iba a arreglar.

—Es que de verdad los están matando...

Un rato después me quedé dormido y desperté cuando ya estaba tres o cuatro paradas posteriores a donde debía bajarme. Caminé de regreso y noté que llovía un poco. Que era de noche y que estaba lloviendo. Me sentía entre agotado y desconcertado. No sabía si todo era un mal sueño. No podía creer que lo vivido, lo visto, hubiera sido real.

Cuando llegué a mi casa mi padre jugaba dominó con mis hermanos, mi cuñado y mi primo Javier. Mi hermana les dio mi mensaje, pero las noticias que habían recibido eran alarmantes. Mi madre estaba dormida; afortunadamente no se enteró de lo sucedido hasta después.

Al entrar todos dejaron de jugar y se me acercaron con mucho cuidado, como para no asustarme. Mi padre me abrazó y me dio casi medio vaso de Ron Castillo que me tomé de un solo trago y sin hacer el menor gesto. De mi recámara salió mi amigo Plinio y nos abrazamos. Lloramos mucho y mentamos madres, mentamos muchas madres.

Alguien me llevó a acostar. Yo seguía como autómata y sólo obedecía órdenes. Me sentí caliente y cómodo en una cama que por esa noche no tuve que compartir con alguno de mis hermanos. Volví a limpiarme la humedad de la cara y me dormí.

Soñé con policías, olas, olas muy grandes, sirenas de ambulancias y muchos soldados persiguiéndome. Son los mismos soldados que se han aparecido en mis sueños frecuentemente durante estos últimos 40 años.

Capítulo XXIX

Al tercer día de estar internado en el hospital, los médicos permitieron que Héctor empezara a recibir visitas.

Los primeros en acudir a verlo fueron sus familiares y sus compañeros de la Financiera. Él lo atribuyó a que quizá sus otros conocidos –y tal vez quien más le interesaba que fuera a verlo– todavía no estaban enterados de su enfermedad. Esta última palabra lo molestó porque al pensar en ella pareció estar convencido de que sí estaba enfermo, aunque él insistía en creer que no era así; además ¿de cuál enfermedad estaba hablando?

De esa manera, se fueron apareciendo compañeros de trabajo que él estimaba y con los cuales hacía una rutinaria vida juntos. Con ellos salía a comer en el lapso que existía entre el horario matutino y el vespertino de trabajo; aunque éste último frecuentemente era sacrificado y destinado únicamente a seguir tomando alcohol después de las bebidas usadas como pretexto para acompañar la comida. Con ellos también hablaba de temas que consideraba intrascendentes pero útiles en la relación laboral. O discutía el plan para un posible cambio de auto; o el mejor lugar para aprovechar el *puente* más cercano; o simplemente de futbol o alguna otra nimiedad.

—¿Qué pasó, mi buen Héctor, cómo que andas malo?

—Oye, Héctor, te manda decir don Pepe, el de *La casa de todos,* que ahora que regreses te va a preparar un *blodi* súper especial, y que ya no te preocupes por las cuentas que le debes; que si por eso te enfermaste, ya no tengas pendiente, pero que regreses, que la *Todorcio's house* no se puede dar el lujo de perder un cliente así...

Las bromas entre él y sus amigos continuaban en ese tenor hasta que alguno de ellos rompía la falsa armonía y preguntaba:

—Oye, ¿y de qué estás enfermo?

En ese momento los demás volteaban a verse como tratando de simular que no pasaba nada. Que nadie había dicho nada. El inoportuno no sabía del acuerdo con la esposa de Héctor de que no se hablara de su enfermedad.

—No sé, la verdad es que no sé de qué estoy enfermo; yo insisto en que no tengo nada, pero ellos insisten más en que sí. Creo que todo este escándalo es porque el otro día se me fue el avión o porque a veces tardo mucho en que me caiga el veinte; pero la verdad, no creo que sea para tanto. Además, sí es cierto; aquí entre nos, y ya sé que eso quiere decir que todo el mundo lo va a saber, ya me urge ir con don Pepe a chingarme unos *blodis* y olvidarme de todas estas pendejadas. Pero ya ven, ahora hasta nuestro jefe dice que debo permanecer aquí todo el tiempo que sea necesario, que no sé qué...

—Pos sí, pero tú no te preocupes. La chamba ai la vamos sacando entre todos, y cualquier cosa que suceda, como que si dan un bono, una gratificación extra, o lo que sea, pos seguro que hablamos para que te tomen en cuenta... de eso ni te preocupes.

—Sí, sí es cierto, tú dedícate a descansar y no te preocupes...

—Pero, de qué tendría que preocuparme, eso es lo que no sé.

Héctor pasaba el día adormilado. Le gustaba estar entre sueños porque de esa manera podía platicar con quien él quisiera: con Paola, Laura o con quien a él se le antojara. Estableció con su esposa un horario donde no quería ver a nadie. Quería utilizar ese tiempo en analizar lo que sucedía; hablar un poco con él, *hacer una introspección* le decía a su esposa.

Una tarde en que Héctor se encontraba dentro en ese horario de exclusividad entró su esposa al cuarto y le dijo:

—Tienes una visita.

—Pero, ¿no habíamos quedado en que...

—Sí, pero creo que ésta es una visita muy especial.

—¿Muy especial, pues de quién se trata, a poco vino el director de la Financiera?

—Se trata de tu amigo Andrés, de quien tanto me has hablado.

—¿Andrés?, pero si hace más de veinte años que no lo veo. Me estás hablando de Andrés Chavarría, ¿verdad?

—Sí, de él.

Hablaron casi dos horas. Héctor jamás le había perdonado el hecho de no avisarles el gran peligro que corrían en ir a Tlatelolco el dos de octubre del 68. Y Andrés nunca logró convencerlo de que él no estaba enterado de lo que sucedería esa tarde. Ese malentendido los había separado por todos esos años —a excepción de algunos meses del año de 1969, cuando Héctor estaba en la desorientación total y se había acercado a Andrés en búsqueda de los restos del naufragio amistoso y aquél trataba de protegerlo tanto como le era posible—.

Ninguno de los dos aceptó nunca los argumentos o las reclamaciones del otro y, sin convertirse en enemigos, rompieron una de las amistades más fuertes que habían tenido los dos en su vida.

Hablaron de Laura, de Maclovio, del Gancho, de la CIA, del maestro de *Lineal*, del Ingeniero, del grupo de Andrés. Pero sobre todo Andrés le insistió a Héctor, en nombre de su vieja amistad, que le dijera lo que realmente había sucedido ese día. Por qué se acusó a Laura. Por qué ella se había ido del país.

Héctor le contó a Andrés la historia de lo sucedido tal cual él lo recordaba. Respondió a todas las preguntas. Hablaron del día en que Héctor le llamó por teléfono para decirle que le negaban la visa para ir a Estados Unidos, preguntándole si él, Andrés, tenía idea de lo que sucedía, porque algo estaba relacionado con una información del 68 que aún seguía en manos de Gobernación.

Se hablaron con la verdad y ambos prometieron retomar la amistad con la lealtad y el cariño de antes, aunque ambos sabían que eso no era verdad. Que las cosas jamás volverían a ser como antes. Acordaron reunirse con Maclovio y emborracharse como alguna vez lo hicieron antes de la tarde trágica. De volver a reírse de ellos mismos y de los demás como siempre lo habían hecho. De recordar las anécdotas del Movimiento y de sus amores. De sus desaparecidos amores.

Antes de irse, Andrés quiso darle un abrazo.

—Héctor, yo siempre he sido tu amigo. Yo jamás te traicioné.

—Yo también, Andrés, yo siempre me he considerado tu amigo. Y tú sabes que en caso de necesidad recurriría a ti, como antes lo hice.

—Nos vemos pronto, Héctor, espero que esta vez no pase tanto tiempo.

—Sí, nos vemos pronto. Pero, oye, Andrés, ya no me llamo Héctor. Ahora me llamo Ernesto.

Andrés lo miró con sorpresa, pero recordó lo hablado con la esposa de Héctor y con gran tristeza en los ojos y una fingida sonrisa le contestó:

—Está bien, nos vemos, Ernesto.

Capítulo xxx

Me parecía increíble que después de una semana del mitin en Tlatelolco Laura todavía no se hubiera comunicado conmigo. No se me hacía posible que a pesar de varias llamadas suyas al único teléfono que tenía de ella, sólo recibiera como respuesta un *No está; dice que ella después se comunica,* o frases por el estilo.

Con el Gancho ya había platicado y éste me dijo que después de ver las bengalas que salieron del helicóptero él y Laura decidieron ir hacia donde yo me había dirigido, pero que antes de que pudieran llegar siquiera al borde de la explanada les fue imposible seguir con dirección a los baños. Que la gente los empujó en direcciones contrarias; que no obstante haberse tomado de la mano, el pánico y las carreras de los asistentes en todas direcciones, lograron separarlos.

También me dijo que Laura corrió hacia donde estaba uno de los hombres del guante blanco disparando. Que fue lo último que supo de ella.

Le pedí con insistencia al Gancho que fuéramos a buscarla a la dirección que teníamos de ella y a donde Laura nunca había querido que la acompañáramos. Sólo sabíamos de la casa por aquel día que nos retiraron *amablemente* del Zócalo y fuimos a buscarla porque no había llegado a la Facultad con sus amigas.

Al llegar y tocar apareció un hombre como de 50 años que supusimos era el padre de Laura. Casi sin abrir la puerta —igual a como lo hizo ella cuando fuimos a buscarla— nos dijo que Laura no estaba y que por favor no la buscáramos más. Que ella se pondría en contacto con nosotros cuando fuera conveniente. Le contesté que ese momento era el más adecuado para hablar porque no sabíamos cómo estaba.

—¿Qué no saben que a Laura la anda buscando la policía? —me dijo ya un poco alterado— ¿Pues que clase de amigos son?

Apenas si alcancé a balbucear unas cuantas palabras:

—¿Cómo dice... que la andan buscando?... oiga, pero...

No nos dio tiempo para nada más. Cerró la puerta y, a manera de despedida, alzó la voz para decir:

—Si de verdad son sus amigos déjenla en paz por un tiempo; no hablen de ella con nadie. Digan que no saben nada de ella.

De regreso a la Portales noté al Gancho nervioso y hasta esquivo en la plática; era obvio que escondía algo o no me quería decir lo que él sabía.

—Mira, pinche Gancho, orita mismo paras el coche y vamos a tomar un café o una cerveza o algo, pero tú tienes que decirme lo que sabes, porque conmigo no te vas a hacer pendejo, ¿o sí?

Todavía con la paranoia brotándonos en la piel por las persecuciones de que éramos objeto todos los estudiantes que de alguna forma participamos en el Movimiento, nos metimos a un café que estaba en la parte baja de una unidad habitacional por el rumbo de la avenida Cuauhtémoc; algo nada sospechoso. Ahí me contó la versión que él tenía de lo sucedido con Laura: estaba acusada de haber disparado en el mitin. Que al parecer había herido o matado a uno de los hombres del guante blanco.

—Pero en la Facultad ya se aclaró que no es cierto. Lo que quieren es hacerle creer a la gente que en Tlatelolco hubo estudiantes armados. Pero lo que sí es cierto es lo de Laura. Quieren detenerla y encarcelarla, dizque como escarmiento para todas las mujeres que andan en el Movimiento —me dijo con vehemencia.

Me aclaró que no me había contado nada de esto porque todos: mi familia, mis amigos, Andrés, Maclovio y los cuates de la Facultad le pidieron guardar silencio conmigo porque me veían muy mal. Creían que todo eso me iba a afectar mucho. También me dijo que esa historia de Laura se supo durante los tres días que no salí de mi casa porque me dieron tranquilizantes y me la pasaba dormido.

Me dejó en mi casa. No quiso llevarme a la Facultad, argumentando lo sugerido por los demás: no era conveniente todavía que yo me asomara a la Universidad.

Me dispuse a hacer dos llamadas telefónicas que había estado posponiendo. La primera fue a la casa del estudiante de Ingeniería que estuvo detenido conmigo y a quien vi en el suelo herido por el desgraciado guante blanco. Aún lo veía gritándome —aunque ahora sus gritos fueran en silencio, como los gritos que *escucho* en los sueños de La Plaza— que me fuera, que avisara, que corriera.

Recibí una respuesta extraña que me desconcertó mucho: me agradecían la atención, pero Marco —por primera vez tuve conciencia de cómo se llamaba el de Ingeniería– estaba bien. Estaba internado descansando y ellos, su familia, no querían que recibiera ninguna visita. Me dijeron que Marco todavía estaba muy cansado.

Repentinamente, una voz femenina –supongo que algo así como la madre o alguna hermana de mi compañero de desgracias– se apoderó del teléfono y me gritó que muchas gracias; que Marco se había salvado y que les contó de mí. Les pidió que investigaran y lo hicieron. Que gracias otra vez y rezarían por mí.

Colgué el teléfono muy confundido. Nunca más volví a saber de Marco. Me daba la impresión de que alguien conspiraba contra mí para que no pudiera entender nada de lo sucedido.

Después de un rato marqué el número de Andrés y quedamos de vernos en el café *fuera de nuestras posibilidades* esa misma tarde.

Fue una reunión terrible. Entre reclamos a gritos, manotazos y llanto de mi parte, provocando que nos retiraran del lugar, salimos a discutir al estacionamiento. Fue imposible llegar a un acuerdo. Andrés me trato de necio, inflexible e irracional y yo le menté la madre. Estuvimos a punto de llegar a los golpes y sólo lo impidió la aparición de un conocido de la Facultad que nos separó y me llevó a mi casa.

La mañana que regresé a la Universidad fue, para mí, uno de los días más tristes de esa época. El ambiente era de derrota, miedo y preocupación por el regreso a clases. Me parecía infinitamente trivial la preocupación por el asunto del regreso a clases. Yo todavía no podía creer que ése fuera el estado de ánimo prevaleciente. Mis esperanzas por encontrar una respuesta enardecida de parte de los estudiantes y maestros participantes en el Movimiento se desvanecieron al escuchar los discursos y argumentaciones de los que tomaron la palabra en la asamblea de ese día.

Más tarde, hablé de Laura con la Güera y con otros líderes de la Facultad. Yo argumentaba que lo que se decía de ella no podía ser cierto. Que yo nunca, durante todos esos meses, vi alguna arma de fuego en manos de estudiantes, maestros o simpatizantes del Movimiento. Pero todos me decían lo mismo: *por lo pronto es mejor esperar; orita no conviene moverle; es mejor que no se sepa nada de ella,* y algunas otras cosas así.

Decepcionado busqué a Maclovio, pero supe que se había ido a Cuernavaca a formar unos grupos de estudio o algo así; supuse que era un eufemismo para nombrar a grupos de resistencia, partidarios de otros métodos de lucha.

Al que sí logré contactar después de muchos intentos fue a Plinio, quien con otros cuates de diferentes escuelas de la Universidad, del Politécnico, de Chapingo y de la Normal, principalmente, se estaban reuniendo en lugares secretos para organizar, de alguna manera, una respuesta a lo sucedido. Me dijo que claro que me invitaba a participar con ellos, pero con la condición de que pasara un poco más de tiempo y yo me sintiera mejor.

—Así como andas lo más seguro es que te perjudiques tú mismo y nos des en la madre a todos nosotros. Más vale que te recuperes bien, porque ahora sí se van a soltar los putazos —nos reímos del doble sentido con el jugábamos con frecuencia y él continuó entusiasmado:

—No te imaginas todo lo que estamos consiguiendo. Es más, con nosotros anda otro cuate de Chiapas que tú conoces y dos o tres de Ciencias que también te conocen. Nada más que todos dicen que andas muy madreado. Dame chance y yo te busco luego.

El inicio de lo Juegos Olímpicos de 1968 se venía encima y nadie se acordaba o quería acordarse del Movimiento Estudiantil. La lucha por las libertades democráticas tendría que posponerse un poco para dar paso a las hazañas de los atletas nacionales e internacionales.

Me acuerdo haber visto el triunfo de un nadador mexicano como entre sueños. Todos gritaban exaltados conforme el nadador se acercaba en primer lugar a la meta y yo seguía viendo a la gente en La Plaza. Como si en realidad la competencia no estuviera pasando en este mundo, mucho menos en este país.

Como si alguien pretendiera que se me acumularan todos los hechos imprevistos e inexplicables, también en esos días recibí una llamada telefónica del Gancho –quien vivía a 50 metros de mi casa– diciéndome que su padre le había pedido que cuando terminara los Juegos se fuera un tiempo al extranjero. Me dijo que aceptaba porque al parecer alguien lo relacionó como supuesto cómplice de Laura, en la aún más supuesta agresión al hombre del guante blanco. Quedamos de acuerdo en vernos para platicar en los próximos días, pero pasó mucho tiempo, años, antes de que pudiera volver a ver al Gancho otra vez.

Por algunas semanas seguí viviendo en el limbo de los asustados. Andaba como sonámbulo y tenía muchas obsesiones.

Busqué a Laura por todos los lugares donde supuse que podría encontrarla, pero fue inútil.

Durante muchos años no volví a saber de ella.

Capítulo XXXI

Héctor, ahora Ernesto, como exigía a gritos que se le llamara, dejó la clínica y fue llevado a su casa.

Ahí recibía casi a diario la visita de amigos de la Financiera, de Chiapas, de algunos antiguos compañeros de la Universidad y, de manera muy solidaria, de toda su familia.

A Ernesto le gustaba platicarles una y otra vez lo sucedido en Tlatelolco el dos de octubre de 1968. Se le había vuelto una obsesión.

Por otra parte, disfrutaba mucho cuando sus amigos de la Financiera le decían, con la intención de animarlo:

—Mira, pinche Héctor, a ti lo que te hace falta es una buena peda... ya déjate de chingaderas.

—Me lleva la chingada, que no soy Héctor, no sé por qué insisten en llamarme así. Ya les dije que me llamo Ernesto. Pero en lo otro sí tienes razón; es lo que les digo, que esto que dicen que tengo se me quita en tres días paseándome con ustedes. Podemos empezar con unos *blodis*, aunque sea. Después podemos ir al *Oaxaca* y buscamos a Estela; y ya de ahí pues de una vez nos vamos a la *Burble*, ¿que les parece el plan?

—No se dice así, güey, se dice la *Bubble*.

—Pues como se diga pero de que nos vamos a la pinche Burbuja, nos vamos. Ahí está la Verónica, ¿te acuerdas, Pancho?

Pero sólo un instante después todos se quedaban mudos ante el siguiente comentario de Ernesto.

—Ah, pero eso sí, vamos temprano, porque mañana tengo que salir con los de la Brigada. Quedamos de ir a Tlalnepantla, pero en el camino hay unos mercados donde queremos hacer unos mítines de volada.

—¿Cómo dices...?

Al decir algo así, su esposa o un miembro de la familia que hubiera escuchado corrían y decían con rapidez:

—Héc... Ernesto ya está muy cansado, por qué no se despiden y vienen otro día. Él ahorita tiene que dormir un rato.

—No, no estoy cansado; además nos estamos poniendo de acuerdo para que cuando regrese de Tlalnepantla nos vayamos de parranda, porque ellos sí me dejan tomar alcohol... no como ustedes.

Los amigos se despedían incómodos, llenos de sorpresa y con balbuceos y palabras entrecortadas.

A pesar de las objeciones de Ernesto, su esposa les pedía que por favor regresaran otro día.

Ya casi en la puerta ella les comentaba en voz baja:

—Está todavía muy confundido. Hay que darle un poco más de tiempo para que ordene sus ideas. Ah, pero sí les quiero pedir algo muy importante: por favor no le vayan a traer alcohol; está tomando muchos tranquilizantes y le puede hacer mucho daño. El médico nos dijo que seguramente les va a pedir a sus amigos que le lleven algo de tomar; así que les encargo mucho... por favor.

—Si, sí, claro, no te preocupes, claro que no...

Durante las noches, con cierta y preocupante frecuencia, Ernesto se levantaba de la cama y se dirigía a la sala de su casa. Una vez ahí se posesionaba del sillón más cómodo y abría una plática entretenida, de manera aleatoria y sin ningún orden lógico, con Laura, Paola, Andrés, el Gancho, Maclovio y todos los que tenían algo que ver con el Movimiento. La única extraña en el grupo era Paola. Pero Ernesto no hacía ninguna diferencia con ella. Era como si estuvieran todos sentados en la sala y él coordinara —qué ironía— toda la reunión. Se reía con una risa fuerte, alegre, sin importarle el ruido que hacía a esas horas.

Su esposa lo oía y lloraba silenciosamente.

Uno de esos días, Ernesto despertó y después de bañarse se vistió con traje y corbata. Se presentó con su esposa que lo esperaba para desayunar juntos y le dijo:

—De hoy en adelante no tienes que preocuparte. Ya entendí todo lo que me pasó y te aseguro que no hay problema.

Ella lo miró muy sorprendida y solamente atinó a decir:

—Pero, ¿qué vas a hacer, a dónde vas?

—Pues voy a la Financiera. Yo creo que ya es tiempo de que regrese a trabajar, ¿no crees?

—Sí, pero, espérame, te acompaño. Nada más deja darme una arreglada y ahorita bajo.

—No, cómo crees, ¿desde cuándo me acompañas al trabajo?

—Sí, sí, espérame, nada más hoy para que no manejes. Todavía andas con los efectos de las pastillas y puede ser peligroso. Espérame, no me tardo.

—Bueno, pues si quieres; pero no te tardes de veras porque acuérdate que a estas horas hay mucho tránsito.

Con mucha rapidez y sin hacer ruido, la esposa de Ernesto tomó el teléfono y llamó al médico que lo atendía. Después de una espera que se le hizo eterna, el médico le contestó y le sugirió que tratara de convencerlo de que no fuera al trabajo; que si él insistía mejor optara por convencerlo de que fueran a otro lugar; algo así como un parque o algún lugar tranquilo para caminar. Mientras tanto, Ernesto le gritaba que bajara, que se hacía tarde.

Cuando bajó le pidió que platicaran un rato antes de irse. Poco a poco fue convenciéndolo de que era mejor tomar otro día de descanso y que sería más placentero ir de paseo a algún lugar.

Decidieron vagar por Chapultepec y hasta se animaron a rentar una canoa para remar un rato, dentro de la cual Ernesto lucía un poco ridículo vestido de traje y corbata. Comieron unas tortas de jamón en uno de los puestos del parque y platicaron de muchos asuntos que estaban pendientes de arreglar. Tomaron algunas decisiones juntos y dejaron el aspecto económico más o menos resuelto.

Ella regresó muy entusiasmada y al encontrarse con otros miembros de la familia que ya los esperaban preocupados, les contó lo sucedido y todos bromearon y rieron alegres. Ella les dijo que iba a subir con Ernesto para que descansara un rato y les pidió que no se fueran.

Ernesto saludó a todos con una cara de *aquí no ha pasado nada* y los invitó a quedarse a tomar un café.

Cuando Ernesto y su esposa subían a la recámara ella le comentó que estaba muy contenta y que le pediría al médico que los visitara al día siguiente. Él aceptó de buena gana.

A manera de temporal despedida ella le dio un beso al recostarlo en la cama, pidiéndole que descansara y no pensara en nada.

Ernesto aceptó, afirmando con un movimiento tranquilo de la cabeza, y decidió tratar de dormir cerrando lentamente los ojos.

Antes de que ella saliera del cuarto, él dijo lentamente.

—Por favor no me dejes dormir mucho, porque hoy tenemos que ir al mitin y ya no debe tardar Laura.

Capítulo XXXII

Unas semanas después del dos de octubre me reuní con mis amigos de Chiapas, respondiendo a una de las tantas y frecuentes invitaciones a tomar unas cervezas y jugar dominó en el departamento donde vivían dos de ellos, y al que nos gustaba asistir por la eventual compañía de las hijas de la dueña del departamento, que estaban de muy buen ver y en las que más de uno de nosotros mostraba interés.

Se acercaba el cumpleaños de alguno de mis amigos y decidimos empezar a festejarlo. Yo percibía un comportamiento extraño en la relación de mis antiguos compañeros conmigo; algo así como un trato menos brusco que el acostumbrado, que estaba basado en el uso indiscriminado de palabras soeces dichas con imaginación, sin la pretensión de ofender y con el acento del sureste que tanta alegría le ponía a las frases.

Ahora el trato conmigo era un poco más cuidadoso y sutilmente atento; hasta las *groserías* las sentía yo un tanto falsas; dichas con algo de temor a herirme o lastimarme. Sin embargo, no le di importancia al asunto y platiqué con ellos como si no pasara nada.

Cuando toqué el tema del Movimiento hubo un rápido intercambio de miradas entre ellos y alguien dijo repentinamente:

—Ya se están acabando las cervezas, pinche Rayos, por qué no te vas con Héctor a traer otras Superiores o ya de perdis unas Quitapón que tanto le gustan a este güey —concluyó señalándome.

—Sí, Rayos, váyanse por unas; ah, y de paso tráiganse otros Raleigh sin filtro.

—Sin filtro, la chingada; aquí todos fumamos con filtro menos tú, pinche Japonés.

Después de muchas y variadas instrucciones el Rayos y yo salimos a comprar provisiones. La incipiente noche prometía convertirse en una de nuestras acostumbradas parrandas de larga duración, de ésas en las que después de tomar cervezas y jugar dominó terminábamos con discusiones eternas acerca de las posibilidades de alguno de nosotros con una de las amigas de Chiapas o con una nueva adquisición, o hasta con alguna reciente amante imaginaria.

La ronda del dominó se hizo larga y un poco cansada. Llegué a sentirme harto del juego y se los hice saber; pero la insistencia, por parte de mis contrincantes de que termináramos ese partido me hizo seguir jugando.

Permanecí sentado jugando, pero mi mente empezó a tratar de escapar. Se fue primero hacia Laura y después hacia La Plaza. Últimamente eran sus lugares preferidos para ir a recorrer los caminos andados y platicar con la gente que ahí había conocido, aunque sólo hubiera sido de vista.

Casi de manera automática levanté una ficha —creo que era la blanca tres— y cuando la iba a colocar en el lugar correspondiente no vi los números de la ficha. Vi al guante blanco apuntando con su enorme pistola al espacio entre mis ojos. Vi el negro y el blanco del dominó convertido en el negro y el blanco del arma y el guante. Eso lo supe gracias a un psicoanalista muchos años después.

Desperté en una de las dos camas de la recámara rodeado por mis amigos. Me encontraba en medio de una sensación de gran tranquilidad y descanso. No resultaba compatible el rostro de gran preocupación que ellos tenían con mi plácida sensación de relajamiento. Las agujetas de los zapatos estaban desamarradas y el cinturón flojo, también desabrochado. Noté que me observaban despertar con una curiosidad solamente superada por su desasosiego.

Como respuesta a mis preguntas me dijeron que había estado inconsciente sólo por algunos minutos. Que primero, durante algunos segundos, me puse tieso y con la mandíbula muy apretada y que después me relajé, pero seguí sin despertar por un breve lapso que a ellos se les hizo eterno.

Curiosamente, esos minutos cambiaron de manera definitiva mi vida. A partir de ese incidente nada volvió a ser igual.

Después de una retahíla de preguntas, encabezadas por el amigo estudiante de Medicina, les hice saber que me sentía extraordinariamente bien; que no tenían nada de qué preocuparse y que seguramente al día siguiente ya no tendría ningún problema. Pero ellos decidieron llevarme a mi casa y hablar con mi padre y uno de mis hermanos, quienes me dijeron que dos días después mis amigos pasarían por mí para ir a ver a un médico hermano de otro de mis amigos.

Ése sería el primer neurólogo que yo trataría, y el hospital donde él trabajaba significaría el inicio de una serie de clínicas y lugares donde atienden enfermedades que tienen que ver con el sistema nervioso o enfermedades mentales –según diría mi amigo estudiante de Medicina–.

A partir de ese día me hice conocido y hasta amigo, de enfermos poco enfermos y de enfermos muy enfermos; desde los que parecían no tener ningún problema –donde me ubicaba yo– y aquéllos que tenían la mirada perdida y que muy pacíficamente pedían un cigarro o unas monedas para comprarlo; y también, necesariamente, me hice gran amigo del Valium y otros brebajes que me alejaban poco a poco de La Plaza y me hacían ver menos soldados, y con menor frecuencia. Esta última amistad dependencia duró varios y largos años y me mantuvo en una neblina espesa, llena de recuerdos vagos y de imágenes congeladas, pero siempre amenazantes.

Capítulo XXXIII

Cuando se reanudaron las clases en la Universidad era posible sentir un aire extraño en el ambiente. Algo así como una densa nube de tristeza y de fracaso que flotaba a una altura muy baja. O cuando menos así me parecía percibir mi regreso a la Facultad.

Varios de los compañeros de Matemáticas y algunos más de las otras carreras se me acercaban a saludarme de manera afectuosa y un tanto desconcertante para mí. Se me hacía extraño que me preguntaran por mi salud, así como que mostraran una amplia disposición para ayudarme en todo lo que se me ofreciera. Me sentí absolutamente minusválido y descubierto en una debilidad de la que todavía no tomaba plena conciencia.

Uno de esos días me encontré al maestro de apellido extranjero que daba clase de *Análisis Matemático* y que había participado en el Movimiento con gran entusiasmo. Me preguntó que si ya había cursado la materia que él impartiría ese semestre, y cuando le respondí que no, me insistió en que me inscribiera; se comprometió —lo cual me conmovió sorpresiva y profundamente— a ayudarme a sacar esa materia y orientarme en el estudio de otras. Percibí tal sentimiento de solidaridad en su propuesta que me sentí descontrolado.

Le platiqué un poco acerca de los problemas que tenía; le dije que iba a la Facultad más que nada para ver cómo estaba el ambiente y cuáles eran las actividades relacionadas con el Movimiento en las que podría participar. Se puso muy triste cuando le dije que el neurólogo me había dicho que durante algún tiempo —sin especificar cuánto— no podía leer o estudiar nada que significara esfuerzo; que debía dejar descansar mi sistema nervioso y que si quería leer algo me consiguiera unas revistas de caricaturas, tipo *Archie* o el *Pato Donald*. Sonrió muy forzado cuando le aclaré que no era una broma; que eso exactamente me había dicho el médico.

Le conté también de las prohibiciones estrictas que me habían impuesto como parte del tratamiento: además de los tranquilizantes y las otras cápsulas me advirtieron que no podría tomar alcohol ni café; y por si fuera poco, también debía dejar totalmente el cigarro y las desveladas. Claro, además de hacer ejercicio.

Como si estuviera muy apenado conmigo me llevó a hablar con otros maestros y estudiantes, quienes me aclararon que por esos días no había nada que hacer respecto al Movimiento. Me recomendaron tener mucho cuidado porque yo estaba en varias listas de gente del gobierno y que muy posiblemente me pedirían que fuera a declarar, aunque no fuera en plan de detenido.

Todavía insistí en que deberíamos hacer algo por todos los estudiantes, maestros y demás personas que permanecían encarcelados o desaparecidos. Que sabía de varios amigos amenazados por grupos de ultra derecha que resurgieron con furor en esa época.

Llegamos al acuerdo de que invitarían a participar en algunas actividades necesarias para no olvidarnos de todos los que de una u otra forma estuvieran en problemas; pero también me recalcaron que tal reincorporación a la actividad no podría ser de inmediato.

Poco tiempo después comenzaría la estrategia criminal de inundar la Universidad con drogas —algunas de ellas más peligrosas que otras—, pero de manera preponderante y generosa con marihuana. Llegó el momento en que ésta se conseguía dentro del *Campus* o en sus alrededores con una facilidad asombrosa. Pulularon las *horneadas* u *hornazos*, donde se reunían cinco o seis estudiantes dentro de un Volkswagen y donde todos, o la mayoría, comenzaban a fumar marihuana al mismo tiempo, con las ventanillas del auto cerradas.

Las Islas, ese maravilloso y mítico territorio dentro de CU, se convirtieron en un paraíso para los nuevos *fans* de la entonces cariñosamente llamada *motita*. Surgieron o se modificaron en sus conceptos algunos verbos como quemar, patinar, pachequear, hornear, forjar, conectar, clavarse, elevarse y algunos otros. Se vulgarizó el uso de palabras derivadas o no de tales verbos, como pacheco, maestro, maese, pasadena, pasador, textura, colorear, atizado, elevado y otros términos con los que se llamaban unos a otros.

Pero por otra parte también surgieron como hongos grupos más radicales que serían los que con el tiempo se convertirían en la semilla de la guerrilla urbana, tan negada como denigrada, magnificada, mitificada, pero finalmente, tan real.

Yo tuve que permanecer en mis tinieblas, en ese mundo somnoliento y triste gobernado por el diazepán. Donde los movimientos y las indignaciones se volvieron lentos y pesados; pintados con brochazos de una realidad trastocada con mazazos de otras drogas.

Fue poco después de ese periodo cuando me acerqué, con mucho cuidado y de manera superficial, a Andrés, con quien había tenido muchos desencuentros, pero a quien yo sabía que podía recurrir con la confianza de no ser ignorado.

Capítulo XXXIV

Ernesto pintó un rótulo en cartulina amarilla y letras rojas que aparecía al cruzar la puerta de su casa: *No me llamo Héctor; me llamo Ernesto.*

Los visitantes percibían tal aclaración como un evidente síntoma de que Héctor seguía mal. Era una obvia advertencia de que se entraba a un mundo de reglas y leyes impuestas por la fantasía.

La esposa de Ernesto recibía a los amigos con aclaraciones innecesarias, inútiles. Todos así lo entendían y lo aceptaban; aún más: entre ellos se acusaban con sutileza de que el morbo de ver a un Héctor de otro mundo era el principal motivo de las visitas.

Pero finalmente éste los recibía, a veces alegre, otras con mucho enojo porque no lo visitaban en mucho tiempo –sin importar que hubieran estado con él dos días antes–. En otras ocasiones con desconcierto porque no sabía de quién se trataba; aunque en la mayoría de los casos la recepción era totalmente confusa y caótica. La esposa de Ernesto dejaba que las visitas continuaran con el propósito de que alguno de sus amigos despertara en él la cordura, cada vez más ausente, pero que ocasionalmente aparecía y transformaba el infierno en una situación tranquila y cotidiana.

Sin embargo, a partir de un miércoles por la tarde, la sensatez desapareció de una vez por todas y dejó su lugar a una mente plena de fantasías y una desubicación total en el tiempo y en el espacio. Ahora sí, Héctor Ernesto había logrado su anhelo: arribar y vivir en su propio y muy particular edén: un lugar cercano a la locura. Tal vez mucho más cercano de lo imaginado.

CAPÍTULO XXXV

He oído lo que todos dicen: que perdí la cordura y el buen juicio; como si alguien pudiera presumir de tenerlos.

Desde que me trajeron a este lugar he estado mucho más tranquilo. Aquí se vive con mucha calma. Tengo tiempo para escribir y pintar, que son cosas que me gusta mucho hacer.

Esta clínica es muy grande; con muchos espacios verdes, flores, fuentes, arroyos, árboles llenos de frutas y el maravilloso clima de Cuernavaca.

Dicen que voy a estar aquí por un tiempo indefinido para que recupere mi estabilidad emocional, lo cual es un eufemismo para no decir que me tienen internado en este hospital porque estoy loco. O al menos eso es lo que ellos creen. Pero la verdad, yo creo que es muy difícil decir cuándo alguien está loco y cuándo está cuerdo.

Me dijo mi esposa que la Financiera va a pagar todos los gastos que cause mi enfermedad y que a ella ya le asignaron una pensión por la mitad de mi sueldo, con lo que le alcanza para cubrir sus necesidades. Me dijo que por eso no tengo de qué preocuparme. Aunque a mí, en realidad, casi nada me preocupa.

Para saber cuánto tiempo voy a estar internado me van a estar haciendo exámenes periódicamente; cuando salga bien —lo que sea que esto signifique— me van a dar de alta. Lo que ellos no saben es que yo puedo manipular esos exámenes y decidir si quiero quedarme o quiero irme. Por lo pronto aquí estoy muy en paz: hay buena comida; las pastillas que me dan hacen que no vea tantos soldados; hace mucho que no sueño al del guante blanco apuntándome; la gente de La Plaza me asusta un poco menos; el suéter rojo de mi amigo de Ingeniería ya no está tan rojo como antes; los gritos de la gente todavía no los oigo, aunque ellos, los muertos, me siguen gritando; en fin, no está del todo mal.

Convivo poco con las otras personas internadas en la clínica. La mayoría dice que no tiene ninguna enfermedad. Dicen que los ha traído alguien de su familia porque les estorbaban para hacer negocios sucios o porque les quieren quitar el dinero que tienen —que siempre es mucho— o porque sus parejas los engañan y se los quieren quitar de encima, aquí no sé si sea literal; pero no me gusta mucho hablar con ellos porque no me cuentan casi nada interesante. También nos llevan a ver funciones de cine, teatro y danza. Ahí sí conocí a alguien interesante: una joven interna que tiene muchas aptitudes para bailar y que ha pertenecido a varios grupos de danza contemporánea y se ha presentado en muchos escenarios de todo el país. Está aquí porque de un día para otro, y sin ningún motivo aparente, ya no quiso hacer nada: ni bailar, ni estudiar, ni comer, nada.

Nos hemos vuelto buenos amigos, pero le pedí como un favor muy especial llamarla de una manera diferente a su nombre: se llama Paola, pero quedamos de acuerdo en que yo

—sólo yo— puedo llamarle Irene, quién sabe por qué, pero así nos gustó a los dos: Irene.

Pasamos mucho tiempo juntos y nos gusta criticar lo que cada uno hace. A ella le gusta lo que pinto, pero no lo que escribo. A mí me gusta cómo baila. Puedo pasarme horas enteras viéndola hacer sus ejercicios de danza.

Ésta es la principal razón por la que he fallado intencionalmente en los exámenes que me han hecho en los últimos días. Ella, Irene, se ha vuelto una gran amiga y como tal me comprende en casi todo lo que le digo. Yo creo que es muy madura para su edad: tiene 17 años. La verdad no tengo idea del porqué está aquí.

A ella sí le he platicado toda la verdad de lo que viví en el Movimiento. Le platiqué de todos mis amigos y lo que pasamos juntos. Dice que quisiera conocerlos, pero ya le he dicho que no es posible, por diferentes razones.

Le conté que lo último que supe de Laura fue que ahora dicen que ella era la que pasaba información del Movimiento a la gente del gobierno y de la embajada. También le dije que me dijeron que Laura siempre andaba armada. Que traía una pistola no muy grande en su morral o en su bolsa. Yo nunca vi nada de pistola ni les creo nada; pero dicen que por eso se fue al extranjero y no regresó jamás. Otros hasta dicen que se murió o la mataron. Pero le conté a Irene que no hace mucho recibí una llamada y que estoy seguro de que era ella, porque aunque fingía la voz yo reconocí ciertos tonos, como inflexiones de ésas que nunca se le quitan a uno en toda la vida, aunque viva muchos años en otro lugar.

Le dije a Irene que lo último que supe del Gancho fue que se había casado y vivía en uno de los estados del norte del país; que se hizo muy rico vendiendo y comprando ganado.

Él nunca volvió a hablarme. Creo que su padre le dijo que lo mejor para él era olvidar todo lo sucedido en el 68.

Andrés se casó con Martha, la bióloga que conocimos la tarde de la Manifestación Silenciosa. Con el tiempo se volvió un científico brillante, pero poco reconocido y por lo mismo, se le agrió el carácter y vive un tanto frustrado. Él nunca fue muy bueno para los negocios y ha fracasado en varios intentos por hacer dinero. Tiene unas ideas excelentes, pero su manera de ser: confiado, considerado con los demás, generoso e ingenuo, siempre le ha estorbado para ser bueno en los negocios, donde lo que se necesita, según me han dicho, es ser desalmado, déspota, inmisericorde, egoísta, ladrón y desvergonzado. Y Andrés tiene muy poco, más bien nada de eso. Yo no sé por qué se ha empeñado en hacer dinero si él era feliz, primero con sus transistores y después con sus electrones. Nos hemos visto en muy, muy pocas ocasiones. Del Movimiento jamás volvimos a hablar y nunca pudimos aclarar lo que realmente sucedió entre nosotros.

Lo que ocurrió con Maclovio siempre fue un misterio para mí. Desapareció un tiempo porque supuestamente andaba metido en las cuestiones de la guerrilla urbana, y cuando volví a saber de él ya trabajaba en el gobierno en puestos burocráticos muy altos. Jamás pensé en él como alguien que pudiera ser desleal con sus ideas; más bien yo creo que fueron las circunstancias.

Irene siempre me escucha con mucha atención; creo que me comprende. Me asegura que si ella pudiera vivir una experiencia parecida lo haría con mucho gusto. La veo apasionada en este tipo de historias. Le he recomendado que escriba porque el entusiasmo la desborda. Hasta ha llegado a pensar en hacer bien sus exámenes –porque ella también puede manipularlos– para salir un rato y organizarse con alguien en uno de los movimientos sociales tan activos en nuestro país.

Lo malo es que en ciertas ocasiones ella, como yo, se mete en sí misma y nadie puede sacarla de ahí. Dice que de vez en cuando necesita visitar a sus fantasmas. Tan joven y tan sabia.

Yo, por lo pronto, no tengo ganas de salir de aquí.

Capítulo XXXVI

Yo creo que mejor nunca voy a salir de aquí. Éste se ha vuelto mi lugar preferido. Dicen que es para locos, pero, la verdad, yo me siento muy a gusto en estos prados. De mi familia y mis amigos de la Financiera ya casi nadie viene a visitarme.

Irene salió. Me prometió que regresaría pronto. Pero no estoy triste porque ella tenía ganas de salir a hacer muchas cosas. Además, yo sé que ella puede regresar en el momento que quiera. Por mi parte, yo no tengo ganas de salir a hacer nada.

Últimamente he platicado mucho con Laura y con Paola. El otro día hasta hablamos los tres juntos. Ellas no se conocen pero hacen como si se conocieran. Se llevan bien, pero no se hablan. Sólo hablan conmigo.

El domingo pasado que estuvimos juntos les propuse que hiciéramos el amor los tres y aceptaron. De verdad nos divertimos y nos reímos como hacía mucho tiempo que no me reía. Esa tarde tuvieron que darme doble cantidad de medicina porque yo no paraba de reírme.

Pero a veces sí me siento muy triste en este lugar. Como la última vez que vino mi esposa con una de mis hermanas y la alcancé a escuchar cuando dijo:

–Pobre Héctor, ojalá esto sirviera para ayudar a los que participaron en el Movimiento de 1968 y no sufrieron ni un rasguño físico, pero les partieron el alma para siempre.

FIN

Índice